KB109416

아름다움에 병든 자

■ 이 도서의 국립중앙도서관 출판시도서목록(CIP)은
e-CIP 홈페이지(http://www.nl.go.kr/ecip)와
국가자료공동목록시스템(http://www.nl.go.kr/kolisnet)에서 이용하실 수 있습니다.
(CIP제어번호: CIP 2014023972)

아름다움에 병든 자

김태형

마음산책

김태형

1971년 서울에서 태어났다. 1992년 〈현대시세계〉에 시가 당선되어 작품 활동을 시작했다. 시집 『로큰롤 헤븐』 『히말라야시다는 저의 괴로움과 마주한다』 『코끼리 주파수』, 시선집 『염소와 나와 구름의 문장』, 산문집 『이름이 없는 너를 부를 수 없는 나는』이 있다.

아름다움에 병든 자

1판 1쇄 인쇄 2014년 8월 25일
1판 1쇄 발행 2014년 8월 30일

지은이 | 김태형
펴낸이 | 정은숙
펴낸곳 | 마음산책

편집 | 이승학 · 최혜경 · 박지영   디자인 | 이수연 · 이혜진
마케팅 | 권혁준 · 곽민혜   경영지원 | 이현경

등록 | 2000년 7월 28일(제13-653호)
주소 | (우 121-840) 서울시 마포구 잔다리로 3안길 20(서교동 395-114)
전화 | 대표 362-1452 편집 362-1451   팩스 | 362-1455
홈페이지 | http://www.maumsan.com
블로그 | maumsanchaek.blog.me
트위터 | http://twitter.com/maumsanchaek
페이스북 | http://www.facebook.com/maumsanchaek
전자우편 | maum@maumsan.com

ISBN 978-89-6090-201-5 03810

* 책값은 뒤표지에 있습니다.
* 이 책은 한국출판문화산업진흥원의 2014년 〈우수 출판콘텐츠 제작 지원〉
  사업 당선작입니다.

아름다움은 살아서 뛰는
내 심장박동과 함께 태어났다.

볕살에 말라붙은 한 마리 뱀처럼
나는 살아왔다

거인이 있었다. 난쟁이도 있었다. 악마적인 힘을 가진 거인은 그보다 보잘것없는 신들을 모조리 추방하고 홀로 세계를 차지했다. 그래서 난쟁이가 그 거인을 찾아가서 한 가지 간청을 드렸다. 자신의 발로 세 걸음을 걸을 수 있는 정도의 공간만 허락해달라고 했다. 거인은 그쯤이야 아무것도 아니라는 듯 쉽게 승낙해주었다. 그러자 난쟁이의 몸이 점점 커지기 시작했다. 한 걸음을 내딛자 발밑으로 지평선이 사라졌다. 순식간에 지는 해를 넘고 달을 건너갔다. 두 걸음을 걷자 우주의 끝에 도달했다. 그리고 그는 세 걸음 만에 다시 처음으로 되돌아와 잃어버린 세상을 되찾았다.

난쟁이는 비슈누의 다섯 번째 화신이다. 하인리히 치머는 바다미의 부조浮彫에 표현된 인도 신화가 "정적인 상징으로서가 아니라 하나의 사건으로 풀이되고 이해되어야 한다"(『인도의 신화와 예술』)고 말한다. 인도 신화는 한갓 추상으로 떠도는 이야기가 아니라 구체적인 현상으로서 실체를 갖는다. 또 나에게는 다른 의미로 다가오기도 한다. 한 걸음을 내디디면 나는 이 세계와 오롯이 마주한다. 두 걸음이면 저 우주에 이르게 된다. 마지막 세 걸음을 걸을 때 비로소 이 세계와 우주는 연결된다.

물론 그 중심에는 언제나 당신이 있다. 한 걸음으로 당신에게 다가가고, 당신과 함께 두 걸음이면 우주의 끝에 이를 것이다. 되돌아와서 당신을 진정으로 다시 마주한다면 이전과는 다른 세계에 도달해 있는 것이 분명하다.

인도에 가면 이런 꿈을 꾸게 된다. 그런데 그 꿈은 이내 실현되고야 만다. 그때부터 꿈을 살게 되는 것이다. 오히려 나는 반대로 우주적 사건이 멈추고 상징이 되기를 원했다. 그것만이 영원이 되는 길이라 여겼다. 실현된 것들이 다시 사라지지 않고 그대로 끊임없이 지속되기를 기다렸다. 해와 달을 건너서 나는 꿈을 꾸었다. 진언을 따라갔고 그 침묵의 소리가 도달한 어둠의 끝에서 되돌아오기를 반복했다. 그러나 나는 좌절했다.

침이 마르고 검은 허파가 타들어가면서 시큼한 어둠이 배어나왔다. 젖은 진흙 냄새가 났다. 구덩이가 열리자 그 좁은 틈으로 기어들어가려고 다급하게 마른 혓바닥이 날름거렸다. 그러나 그곳에 닿을 수 없기에 새파란 입술로만 어둠 앞에 머물렀다. 그럴수록 텅 빈 어둠을 다시 채우려는 듯 숨 가쁜 고개를 들며 굳은 혀를 삼켜야 했다. 팔과 다리를 모두 잘라버린 몸뚱이 하나만 남았다. 시큼한 맛도 진흙 냄새도 비릿한 살덩이마저도 다 사라진 오로지 자기에게서 차오른 어둠만이 말갛게 내려앉았다. 다시 차가운 독을 품을 수 있을까. 내가 나를 지워버릴 수 있을까. 그때를 놓치지 않고 진흙뱀 한 마리가 허연 목덜미를 깨물었다. 맑은 독이 흘렀다. 내가 나에게로 차오르고 있었다.

몇 년이 지나는 동안에 볕살에 말라붙은 한 마리 뱀처럼 쩍쩍 온몸이 갈라 터진 진흙 덩이가 되어 있었다. 그렇게 살아왔다. 밤이 되지 않으면 글을 쓰기가 어려웠다. 그 검은 마술 속에서 가까스로 한 문장을 써왔다. 온몸에 비늘이 돋아났다. 여름이었다. 굳기름 같은 땀을 흘렸다. 내 입에서 마른 풀 냄새가 나자 가을이 시작되었다. 태초부터 변함없이 밤마다 개들이 짖어댔다. 이른 겨울이 되자 모든 것을 잊으려 했다. 덩굴장미가 녹슨 철제 담장을 넘다가 때아닌 꽃을 피웠다. 그러나 긴 밤을 건너가기 위해 장미는 밤새 꽃을 버려야 했다. 그렇지 않다면 그 붉은 심장이 얼어 있을 리가 없었다. 그렇게 봄이 되었어도 나는 나를 놓아주지 못했다. 누런 봄볕에 꽃을 피우고도 느닷없이 몰아치는 눈발을 걱정해야 된다는 것을 산수유는 알고 있었다. 다시 여름이 되었다. 한 해가 지나는 동안 진흙으로 쓴 문장이 몇 개 남았다. 내 헐벗은 몸뚱이가 맨바닥을 지나간 자리였다.

다시 인도로 떠나기 며칠 전에,

김태형

차례

세 걸음은 아무것도 없는 다른 그 어딘가로

한 걸음만 더 가서

한 걸음 뒤로 되돌아가서

어느새 파란 절벽이 되어 있는 줄도 모른 채

맨 끝으로만 나를 던져놓고

하염없이 다른 말을 기다렸지

늘 어느 순간에나
간절히

내가 떠난 곳은 나에게 간신히 허락된 이 지상의 마지막 땅이었을까. 어찌하여 나는 늘 그런 절벽 위에 올라야만 했을까. 그럴수록 삶은 나에게 등을 돌리고 홀로 아마득한 벼랑이 되어 있었다. 그러다가 나는 떠났다. 어떤 기대조차 없이 떠난 여행이었다. 그러니 내가 도착한 곳에 대해서 아는 것이라고는 아무것도 없었다. 그러나 나는 이곳에서 달라졌다. 창문에 붙어 있는 손바닥만 한 도마뱀도, 길거리에서 죽은 개가 내 이마에 침을 흘리는 그 순간도, 발바닥에 얼음 조각이 박힌 채 히말라야의 마지막 산맥을 건너오던 보이지 않는 밤하늘의 별들도 모두 나에게서 새롭게 태어나고 있었다.

　이 세상에 가장 아름다운 음악은 심장박동을 닮았다고 한다. 자기의 심장이 뛰는 소리를 느끼듯이 아름다움은 그렇게 오로지 자기를 깨어나게 하는 그 순간에만 완성되는 것이었다. 아무것도 바라는 게 없었지만 어느새 나도 모르게 아름다움을 찾아가고 있었다. 아름다움만을 구하고 있었다. 급기야 그 아름다움 속으로 스며들고 있었다.

　아름다움은 살아서 뛰는 내 심장박동과 함께 태어났다. 이국적이고 낯선 것들에 압도되어 눈빛만 가득한 그런 세계가 아니었다. 이 마지막 땅에서 내 심장이 뛰는 소리와 함께 아름다움이 창조되리라 기대했다. 그동안 나는 너무도 익숙한 세계에 살고 있었다. 그것은 강제된 것이나 마찬가지였다. 규범이었고 거대한 질서였다. 그 세계를 한 발짝이라도 벗어나지 않고는 결코 알 수 없는, 모든 감각이 닫혀 있는 세계였다.

여행은 다른 감각이 열리는 것이다. 내가 딛고 있는 영토를 벗어나 다른 곳에서 내 삶을 재영토화한다. 여행은 비록 한순간일지라도 자기가 살아온 강제된 질서를 벗어나서 온전히 자기를 마주하게 한다. 나와 전혀 다른 나를 받아들이게 된다. 그때야 겨우 내 앞에 서 있는 당신을 바라보게 된다. 그렇게 보고 듣고 냄새 맡는 그 모든 것들이 오랜 기억을 일깨우기만을 기다려야 한다. 현실을 받아들이면 된다. 그리고 이 낯선 현실을 다시 꿈꾸기만 하면 된다.

그러나 자기의 심장이 뛰는 소리를 고스란히 문장으로 옮겨놓을 수는 없다. 그 간극을 한순간 아무렇지 않게 내 몸으로 받을 수는 없다. 여행에서 돌아와서야 비로소 제 영혼이 아직도 저 먼 곳에 남아 돌아오지 않았다는 것을 깨달은 자는 홀로 빈 몸을 어둠 앞에 바쳐야만 하리라. 그 순간에야 겨우 한

문장을 이어 쓰며 잃어버린 영혼을 다시 불러내고 있을 것이다. 그렇게 또 며칠은 심장이 뛰게 될 것이다.

적도에서 원시림 너머로 기우는 석양을 보지 못했다면, 남미의 뒷골목을 배회하지 못했다면, 사막이 아름다운 이유가 그곳에 자신이 있기 때문이라는 것을 깨닫지 못했다면, 진정 태초의 어둠을 보지 못했다면, 이제 막 그곳을 다녀온 이의 얼굴을 바라보면 된다. 페어뱅크스에서 북방한계선을 넘어 데드호스까지 아무도 없는 그 위험한 길을 가지 못했더라도, 옐로나이프에서 황록색 오로라를 보지 못했다 하더라도, 그곳에서 어느 지독한 탐미주의자가 남긴 시를 한 편 찾아냈다면 그 무모하고 간절하고 쓸쓸한 것을 천천히 소리 내어 따라서 읽으면 된다. 그렇게 심장 뛰는 소리와 함께 저 먼 아득한 것들을 불러내도 좋으리라.

방대한 힌디어의 어휘 속에서도 저 오래된 산스크리트에서도 찾을 수 없는 그런 말들이 있다. 나는 오래전에 사라졌던 말들이 다시 나에게서 깨어나지 않기를 간절히 바라고 있었는지 모른다. 형체를 갖추지 못한 안개 같은 추상에 사로잡힐 때도 있었다. 그러나 그런 문장들은 몇 해가 지나지 않아 잊어도 좋을 허망한 것이 되기 일쑤였다. 대지 위에 두 발을 딛고 있지 않은 상상은 결코 문장이 될 수 없었다. 내가 서 있는 곳과 무관한 생각들은 내가 서 있어야 할 곳을 마련하지 못하기 때문이었다. 부딪치고, 마주하고, 내던져지고, 굴러떨어지는 곳에서 나는 꿈을 꿀 수 있었다.

대명사 '내'가 여러 번 들어간 문장을 읽을 때 이상하게도 나는 그보다 조금 더 다물어진 입술과 혀의 앞쪽에서 '네'라고 발성하고 있었다. 무의식이 밖으로 드러나 모습을 갖출 수 있었던 것은 자기의 몸으로 받은 기억들이 있었기 때문이리라. 감춰져 보이지 않았던 것들이 드러날 때 꿈은 존재하기 시작했다. 위장된 실현이라고 깨달았을 때 비로소 꿈이 태어났다. 그러니 나에게는 무중력의 언어를 손쉽게 얻는 것보다는 무겁게 내려앉은 진흙 덩이의 언어로 어떤 형상을 이루어나가는 것이 더 중요한 일이었다.

하지만 그리워하지 않으면 무슨 소용인가. 보고 싶지 않으면 어찌 이름을 부를 수 있겠는가. 그 무엇이 언어가 되고 문장이 될 것인가. 생각이 되고 가슴이 되고 붉은 심장이 될 것인가. 그리움은 이 세계의 끝에서 태어난다. 그러니 그 먼 곳으로 떠

난 이의 문장은 그가 가장 간절히 원하는 것들을 찾아가고 있었으리라. 내가 떠난 모든 여행지는 이 세계의 마지막 장소였다. 원시림 너머 구름이 갓 태어나고 있는 잿빛 하늘을 바라보며 나는 하마터면 비밀을 말할 뻔했다. 힌두 사원에 들어가 그 그늘 속에서 낮잠을 자며 신을 꿈꾸고 신의 꿈속에서 자기를 꿈꾸는 진흙 같은 사람들을 만나지 못했다면, 무희들이 춤을 추던 오래된 둥근 석단 위에 흰 발목처럼 햇빛이 내리비치지 않았다면, 나는 결코 한 문장도 얻지 못했을 것이다.

여행을 하다 보면 새로운 것을 만날 때가 많다. 그렇지만 대부분 그 새로움은 나의 삶이 되지 못했다. 어쩌면 잊고 있었던 것을 다시 찾는 것이 여행일지 모른다. 내 문장에 한때 그늘져 있던 것들. 그것이 아니면 아무것도 아니었지만 이제는 단 한 번도 그런 떨림조차 내 손끝에서 파문이 되지 못하는 것들. 물결만이 저만치 건너편으로 떠밀려 가듯 내가 언젠가 놓쳐버리고야 말았던 것들. 나는 그 길을 따라갔다.

수행, 명상, 기도……. 언젠가부터 나는 이 말들을 사용하지 않기 시작했다. 저 방대한 산스크리트의 어휘 속에서조차 '종교'라는 단어는 없다. 삶이 그대로 종교이기 때문이다. 동일한 의미의 다른 말을 필요로 하지 않기 때문이다. 성스러운 것은 속된 것과 분리되어 존재해왔다. 그러나 나는 그렇지 않을 것이라고 믿었다. 삶이란 성스러운 것이다. 살아 있다는 것은 그 무엇보다도 아름다운 것이다. 그래서 집을 깨끗하게 정돈하고 마당을 쓸었다. 촛불을 켜고 맑은 물을 떠서 기도하는 것은 바로 이곳의 삶을 성스럽게 한다. 집도 마당도 언덕도 길과 강과 저 너머 다른 마을과 알 수 없는 그 어떤 세계도 모두 성스러웠다. 살아가는 일이 모두 그러했다. 수행, 명상, 기도⋯⋯. 모두 삶일 뿐이다. 다른 말이 존재한다는 것은 그만큼 삶에서 분리되었다는 뜻이다.

"기도할 줄 알아요?"

한 여자가 내게 물었다.

"늘 해요. 숨을 쉴 때도, 밥을 먹을 때도, 그리워할 때도, 늘 어느 순간에나."

내가 대답했다.

어느 밤이었던가. 눈물 한 방울이 내 뺨을 흘러내렸던가. 지그시 눈을 감지만 않았어도 내 눈망울에 고인 눈물이 흘러넘치지는 않았으리라. 다시 눈을 떴을 때 나는 세상을 볼 수 있

으리라 믿었다. 하지만 나는 여전히 눈먼 사내였다. 눈물은 그런 슬픔을 내게 먼저 알려주려고 그렇게 흘러내렸을 것이다.

사진이 마지막으로 보여주는 것은 사진을 찍은 사람이 서있는 자리다. 그러나 뛰어난 사진은 마지막으로 사진 안에 작가의 모습을 투영한다. 내가 쓰는 문장도 그리 다르지 않으리라. 나는 몇 걸음 떨어진 자리에서 더 이상 다가서지 못하는 사내를 보았다. 나는 그가 참 고독한 사내일 것이라고 생각했다. 그래서 다행이라고 생각했다. 나는 그가 더 방황하기를 바라고 있었다.

여행을 떠나면서
가장 먼저 내 앞에 다가오는 낯선 것은
바로 나 자신이다.

한 걸음은

나 에 게

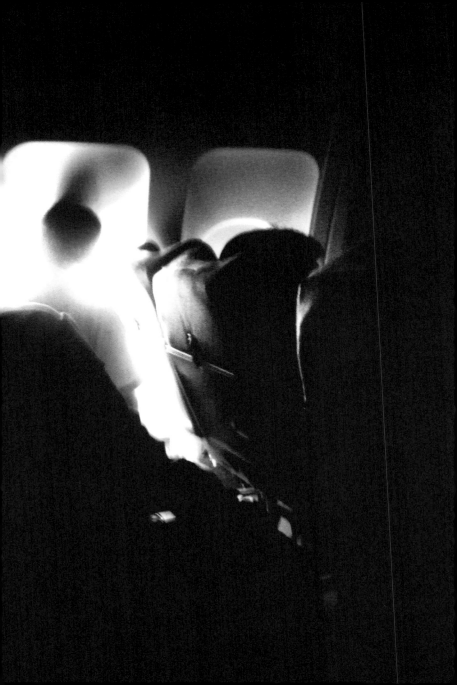

내가 왔던 곳으로 돌아가는 중에
내 안에서 깨어나는 그 모든 것들

비행기가 급선회를 하느라 수평이 기울면서 건너편 창밖으로 바다가 보이기 시작했다. 옅은 구름 몇 조각이 흘러가지 않았으면 지상으로 내려가는 줄 몰랐을 것이다. 하늘이 청명하게 멀어지면서 섬 주변으로 옥빛 바다가 잔잔하게 펼쳐졌다. 비행기가 고도를 낮추자 수목이 가까이 내려다보였다. 지상을 떠난 지 얼마 되지도 않았는데 땅 위에 두 발을 딛고 내려서게 된다고 생각하니 설레기까지 했다.

직항로는 비싸서 대체로 경유지를 거치는 것 같았다. 그런데 꽤 기다려야 하는 모양이었다. 그래도 괜찮았다. 홍콩에 왔으니까. 특별히 도시를 즐기지 못하는 편이라 따로 이곳에 찾아올 일은 없을 듯했다. 그래도 마음은 들떠 있었다. 홍콩이니까.

"천천히 둘러보세요."

약속한 시간에 다시 모이기로 했다. 그러나 천천히 둘러보는 것은 쉽지 않은 일이었다. 점점 걸음은 빨라졌다. 어디로 가야 할 필요도 없으면서 자기도 모르게 걸음은 빨라졌다. 항상 시간이 촉박할 경우에만 걸음은 다급해지는데 목적이 없을 때도 유난스럽게 빨라지는 것은 이상한 일이었다. 아마도 그 목적이 없는 것을 감추기 위해 그렇게 걸음은 빨라지는 것인지 모

른다. 한 손에 이끌려오던 캐리어 가방의 바닥에서 바퀴 소음
이 들리기 시작해야 맹목적이던 걸음에 힘을 놓게 된다. 그때야
그다지 둘러볼 것이 없다고 깨닫게 된다. 발권을 하고 안으로
들어가야 면세점이 즐비할 것이다. 맑은 유리 난간 옆의 근사한
카페에서 그제야 아이스 아메리카노를 즐길 수 있을 것이다.

한 바퀴 돌고 나니 다시 제자리로 돌아왔다. 뿔뿔이 흩어졌
던 이들이 그새 죄다 이곳에 앉아 있었다. 경유지에 내려서 오
래도록 기다려야 하는 순간에는 보다 분명해지는 것이 있었다.
혼자라는 사실이었다. 이쪽으로 가볼까 하고서 몇이 같은 방향
으로 가다가도 이내 홀로 떨어져 괜히 마음에도 없는 상점을
둘러볼 뿐이었다.

여행을 떠나면서 가장 먼저 내 앞에 다가오는 낯선 것은 바
로 나 자신이다. 여러 명이 함께 떠나서도 막상 함께 있을 만한
사람은 없는 법이다. 그것은 겉으로 드러내기 어려운 이상한
외로움이었다. 그러니 할 수 있는 대로 어느 한순간이라도 홀
로 떨어지지 않도록 주의하는 편이 나을 것이다.

이곳에서 할 수 있는 것 중에 가장 통쾌한 것은 떠나지 못하
고 남은 자들에게 허세를 부리는 일이 아닐까. 다행히 홍콩국

제공항에는 공용 와이파이가 있었다. 노트북을 열고 몇 장의 사진을 홈페이지에 올려놓으면 어느새 댓글이 달리기 시작했다. 그렇게 해서라도 무료한 시간을 알차게 보내고 있다는 만족감을 얻을 것이고 소식을 올린다는 명목으로 부끄러운 과시를 조금은 감출 수 있을 것이다. 무엇보다도 이렇게 해야 외로움을 잠시 잊을 수 있게 된다.

경유지는 그런 곳이었다. 오래 잊고 있었던 것들이 그 어느 곳보다도 분명하게 고개를 들며 깨어났다. 혼자가 될 준비를 하게 되는 곳이 바로 경유지였다. 자신이 외로운 여행자라는 것을 깨닫게 해주는 곳이었다. 어디로 가려고 하는지 그 목적지를 분명하게 오래도록 알려주는 곳이었다.

오래 기다리다 보면 온갖 걱정이 앞서기 마련이다. 과연 비행기가 제시간에 도착할까. 에어인디아가 연착하는 일은 허다하다는데 어디선가 삼만 삼천의 온갖 신들에게 행운을 빌어야 한다는 말이 들려왔다. 다행히도 비행기는 연착하지 않았다.

긴장이 풀리자 허기가 몰려왔다. 에어인디아에서 기내식으로 나온 닭고기 커리를 먹었다. 물 한 모금까지 남기지 않고 천천히 마지막까지 다 먹었다. 옆자리에 아는 사람도 없는 비좁은 자리에서 식판을 앞에 놓고 할 수 있는 일은 오로지 그 음식을 탐닉하는 것뿐이었다. 오랫동안 그리워했던 인도 여행이라서 내 마음은 더욱 쉽게 열려 있었는지 모른다. 음식을 먹고 나서 기쁨의 탄성을 지르고 싶을 때가 과연 몇 번이나 있었을까.

하마터면 나도 모르게 소리 지를 뻔했다. 그 감동이 말이 되어 나올 때면 분명 '정말 맛있다'는 느낌을 벗어나지 못할 것이다. 기껏해야 조금 길게 발음되는 감탄사를 거느렸을 것이다. 그래서인지 나는 아무 소리도 내지 못하고 내 안의 감동이 목젖까지 부풀어 오르는 포만감을 즐기고 있었다.

'세상에 이렇게 즐겁고 흥분되는 맛이 있었다니!'

실은 기내식을 그다지 기대하지는 않았다. 경유지인 홍콩을 향해 가는 비행기 안에서 조금 기분이 나빴는데 계속 그 느낌에 사로잡혀 있었던 모양이다.

"Something to drink?"

"와인 있어요?"

"Red? White?"

"레드."

아침 일찍 급히 집을 나서느라 내내 긴장해 있었는지 평소에 잘 찾지 않던 와인을 한 잔 달라고 해서 마셨다. 한참 동안 분주하게 음료를 돌리던 승무원들이 다시 방향을 바꾸어 빈 잔을 걷어가고 또 이번에는 음식이 든 카트를 밀고 왔다.

"뭐 드시겠어요? 쇠고기와 비빔밥이 있어요."

내 옆에 앉은 사내는 비빔밥을 선택했다.

"Would you like beef or bibimbap?"

이번엔 내 차례였다. 자리도 불편한 참에 한 숟가락 뚝딱 먹기 편한 비빔밥을 달라고 했다. 게다가 외국인들에게 비빔밥이 기내식으로 큰 인기를 끌고 있다는 말을 어디선가 들은 것 같아서 어느 정도인지 확인해보고 싶기도 했다.

"비빔밥 주세요."

비빔밥이 어떻게 도시락으로 만들어져 나왔는지 궁금해서 들여다보고 있는데 승무원이 인쇄물 하나를 나에게 건네주고 갔다. 뭔가 하고 펼쳐보니 설명서였다. 영어로 비빔밥에 관한 설명과 어떻게 비벼 먹는지 그 방법이 자세히 적혀 있었다. 밥에 각종 나물과 쇠고기를 넣고 고추장 튜브를 짜서 이리저리 숟가락으로 잘 비벼 먹으면 된다는 내용이었다. 한국인이라면 누구나 다 아는 것이었다. 둘러보니 설명서를 받은 사람은 나 혼자뿐이었다.

'버림받은 듯한 이 느낌은 뭐지?'

그러고 보니 내 몰골이 말이 아니었다. 머리는 벌써 몇 달 전에 깎았어야 했고 얼굴은 유난히 누렇게 떠 있었다. 게다가 이틀 밤을 지새우고 와서 두 눈은 퀭하니 쑥 들어간 채 동공이 확장되어 있었고 애써 두 눈을 뜨고 있으려는 듯 눈가의 근육은 어색할 정도로 긴장되어 있었다. 게다가 오랜 병고에 시달린 사람처럼 입술은 보라색으로 물들어 있었다.

'아침에 머리는 감았던가. 아, 모르겠다.'

그 무엇에 홀려서 이렇게 영혼을 다 빼앗긴 듯한 광인의 몰골을 하게 되었던가. 대체 지금 나는 어디로 가는 중이란 말인가. 내가 여기에 왜 앉아 있는 것일까. 개도 안 걸린다는 여름 감기 때문에 목은 부었고 이마와 양 볼에는 붉은 체온이 눅눅하게 올라왔다. 재채기가 이어졌고 맑은 콧물이 흘러내렸다. 아무렇게나 주워 입은 반팔 티셔츠는 벌써부터 무더위에 지쳤는지 후줄근했다. 나는 아무도 건너다보지 않는 나의 맨발을 의자 아래 구석으로 슬그머니 숨기고 있었다. 내 발에는 동네 구멍가게에 다녀올 때나 신는 삼선 슬리퍼가 신겨 있었다. 꼬락서니라는 말은 딱 이럴 때나 어울렸다. 나는 정말 지쳐 있었다.

늘 이런 몰골이었다. 일이 밀려 있기도 했지만 일을 다 마치고도 여유를 되찾는 법을 익히지 못했다. 뭔가에 푹 빠져 있었고 이틀쯤 밤을 새우는 날이 흔했다. 여행을 떠나는 날 새벽까지도 쉬지 않고 일을 하고 있었다. 내가 자리를 비우는 동안에 처리해야 할 일들을 간신히 마치고서 색 바랜 슬리퍼를 끌고서 홍콩행 비행기를 타고 있었다. 한두 마디 한국어를 할 줄 아는 외국인 노동자가 오랜만에 고향으로 돌아가는 줄 알았던 것일까. 좀체 낯설었다.

홍콩에서 에어인디아로 갈아타고 오면서도 내가 외국인이라는 것을 받아들일 수가 없었다. 아니, 뚱뚱한 중년의 인도 승무원이 나에게 힌디어를 사용할까 봐 걱정을 하고 있었는지 모른다. 모든 사람에게 다 나눠 주는 커리에 관한 설명서를 나에게만 주지 않을 것만 같았다.

그때 에어인디아의 저녁 식사가 나왔다. 기대하지 않았다. 그나마 뭐라도 할 수 있는 시간이라 여기고 저녁 식사를 마지못해 받아들일 정도였다. 그런데 나는 진정 인도 음식을 맛보며 축복을 받은 듯이 어떤 희열마저 느끼게 되었다. 내가 지금 이 곳에 앉아 있는 것이 너무나 고마웠다. 그토록 가고자 했던 인도가 마치 잃어버린 낙원과도 같았다. 지갑에 남은 돈을 모두 다 환전해서라도 온갖 인도 음식을 맛보리라 생각했다. 쓰고 달콤한 즙액을 입가에 뚝뚝 흘리며 선악과마저도 따 먹으리라 다짐했다. 밤새도록 몽롱한 구름을 마시다가 늦은 아침에 깨어나서 내 머리보다도 더 큰 열대 과일에 얼굴을 묻고 파란 눈물을 흘리리라고 들떠 있었다. 떫고 시고 끈적거리는 진흙 덩어리의 비릿한 맛일지라도 흔쾌히 맛보리라 했다.

나는 무엇이든 가리지 않고 잘 먹는 편이었다. 물론 모든 음식을 다 즐길 수 있는 것은 아니었다. 어릴 때는 가시가 많은 생선을 싫어했고 굴은 입에도 대지 못했다. 다시마튀각이 밥상 위에 오르면 눈길도 주지 않았다. 이상하게도 생일날에만 특별히 끓여준 쇠고기 뭇국을 마지못해 먹었다. 친척들이 김장철마다 보내준 강화도 순무는 내 기억에서조차 자리를 잡지 못하고 지워졌다.

그래도 달래의 씁쓸한 맛과 향긋한 냄새는 최근에야 겨우 느끼기 시작했다. 쇠고기 뭇국 하나로 꽤 유명하다는 곳에서 점심을 먹을 때 약간의 어지럼증을 느끼는 정도일 뿐이었다. 무엇이든 한 그릇쯤은 다 비울 정도는 되었다. 순무 김치가 오른 흔치 않은 식당은 나의 찬미를 받았다. 물론 누군가의 기억을 축복했을 뿐 나는 한 젓가락도 대지 않았다. 그러고 보면 음식을 그저 먹을 수 있는 것으로만 여겨왔는지 모른다. 내가 음식을 가리지 않는 편이라는 것은 맛과는 무관했다. 내가 꺼리지 않는 음식이라면 맛에 상관하지 않는다는 뜻이었다. 아무리 맛이 없어도 나는 불평 없이 잘 먹을 수 있었다.

이런 내가 어느덧 맛을 느끼고 음미하며 마치 삶의 기쁨 하나를 뒤늦게 발견이라도 한 듯이 즐겁기까지 했다면 이것은 분명 예사롭지 않은 일이었다. 내가 모르던 잠재된 감각 하나가 살아난 것이었을까. 인도로 가는 항공기 안에서 나는 벌써부터 어떤 감각이 깨어나는 것을 느낄 수 있었다. 나는 오랜 방랑을 끝내고 내가 왔던 곳으로 돌아가는 중이었다. 저 망각 속에서 나는 다시 태어나고 있었다. 내가 잊고 있었던 그곳의 모든 것들이 내 몸 안에서 깨어나고 있는 것이라고 나는 믿기 시작했다.

자기라는 한 마리 짐승을
만나기 전에

인도에 도착해서 처음 본 짐승은 개였다. 물론 겁에 질린 자기라는 한 마리 짐승을 가장 먼저 만났겠지만 그게 짐승이었다는 것을 알기까지는 꽤 시간이 흐른 뒤였다. 개는 어둠 속에서 흔히 마주치는 짐승이었다. 밤의 거리를 배회하는 개들은 구석에 눌어붙었던 어둠이 뜯겨져 나온 듯이 너덜너덜했다. 뭔가 불길한 것들이 골목을 지나다녔다. 대부분 비쩍 말랐지만 다리가 길고 큰 개들이었다. 아직 어둠으로 돌아가지 못한 덩어리들이 비린 살냄새를 맡고 어딘가로 느릿느릿 가고 있었다.

커다란 선풍기가 영원토록 추락하는 경비행기처럼 천장에서 덜거덕덜거덕 돌아가고 있었다. 숨 쉬기도 힘들 정도로 날은 무더웠다. 숙소에 짐을 갖다 놓고 어떻게 짐을 풀어놓아야 할지 모른 채 좁은 침대 한쪽에 걸터앉아 있을 때였다. 뒤를 돌아보니 누군가 3층 창문 밖에서 한쪽 손을 유리창에 바짝 대고 나를 들여다보고 있는 것 같았다. 진흙 같은 허공 속에 손바닥 하나가 붙어 있었다. 누군지 얼굴은 보이지 않았다. 창문으로 다가서려는 순간에 그 잘려나간 손목 하나가 허연 얼굴을 감추고 사라졌다. 도마뱀이었다. 반투명 유리를 낀 창문 바깥에 도마뱀이 붙어 있었다. 허연 배와 둥근 발가락이 형광등 불빛에 징그럽게 드러났다. 누군가 어둠 속에서 나를 지켜보는 듯해서 잠시 소스라쳤다. 다행히도 방 안에는 도마뱀이 보이지 않았다. 혹시나 싶어 화장실로 들어가 작은 창문이 닫혀 있는 것을 보고서야 안심할 수 있었다.

그 도망가는 모습에서 유령의 얼굴을 보았을까. 아마도 어둠 속으로 사라져버린 얼굴에서 나를 보았는지도 모른다. 기어 다니는 것들은 모든 것을 바닥으로 만드는 것은 아닐까. 오를 수 없는 벽까지도. 허공마저도. 이런 생각들이 허공 속으로 사라진 얼굴 하나를 자꾸만 따라가고 있었다. 나를 들여다보는 또 다른 나의 어둠을 찾으려 했다면 그 이후에 나는 과연 무엇이 될 수 있는지에 대한 생각은 뒤늦게 따라왔다. 높은 벽을 기어 오르고 허공마저도 넘어설 수 있는 세계를 가장 낮은 자의 삶에서 찾고 있었을까. 이 세상 모든 것을 바닥으로 만들고 급기야 자기마저도 바닥이 되어서 스스로 이 세상의 모든 것이 되는 그런 우주를 꿈꾸었는지 모른다. 여행자라면 그런 바닥에서 밤새 뒤척여보았을 것이다.

아무리 개를 좋아하는 사람이라도 온 골목을 돌아다니며 검은 진흙 바닥에 아무렇게나 뒹굴어대는 털 빠진 커다란 개를 선뜻 반길 리는 없을 것이다. 게다가 도마뱀이라면 더 말할 필요도 없다. 다행히도 어둠 속을 어슬렁거리던 개들은 그저 어둠을 향해 지나갔고 허연 도마뱀도 유령처럼 사라졌다.

다음 날 아침에 일찍 깨어나 호텔 바깥에 나가보았다. 나무 아래 다람쥐가 보였다. 가까이 다가가도 도망가지 않았다. 흔히 보던 그 모습이었다. 그런데 조금 느낌이 낯설었다. 줄무늬도 눈동자도 꼬리도 그대로였는데 뭔가 좀 이상했다. 자세히 보니 다람쥐의 크기가 조금 컸다. 한 발짝 가까이 다가섰더니 도망갈 기세가 아니었다. 조금만 더 다가서면 와락 공중을 날아서 나를 덮칠 것만 같았다. 이곳에서는 뭐든지 다 이상했다. 다람쥐마저도 괴물처럼 느껴졌다. 눈에 보이지도 않는 작은 발톱이 갑자기 길쭉하게 솟아나오면서 내 얼굴을 사정없이 찢어놓을 것만 같았다. 낯선 것은 가장 먼저 두려움으로 다가왔다. 조금만 다르게 보여도 모든 것이 두려워지기 시작했다. 급기야 내가 어디에 있는지조차 분간할 수 없을 정도로 그 공포감은 점점 부풀어 오르기 시작했다.

다람쥐를 보다가 뒷걸음을 쳤다. 어느새 나는 황급히 호텔로 들어갔다. 내 방은 3층이었다. 그래서 3층까지 걸어서 올라갔다. 그런데 내 방이 나오지 않았다. 분명 나는 3층까지 계단을 세어가며 올라갔다. 이상했다. 내 방이 있는 방향으로 복도를 걸어갔다. 그 자리에 내 방이 없었다. 갑자기 혼란스러워지기 시작했다. 설마 다른 호텔로 뛰어 들어온 것은 아니겠지. 내가 도대체 어디에 있는지 알 수가 없었다. 잠시 바깥에 나갔다와서 그런지 귀밑으로 땀이 흐르기 시작했다.

전날 호텔 3층 방에 짐을 옮기기 위해 좁은 엘리베이터를 탔었다. 그런데 갑자기 중간에 전기가 나가버리고 말았다. 세 명이 함께 탔는데 커다란 짐까지 싣고 있어서 땀 냄새가 날 정도로 더욱 좁게 느껴졌다. 조금만 더 늦게 전기가 들어왔다면 나는 아마도 심장이 느리게 뛰면서 현기증을 느끼다가 기절했을지도 모른다. 나는 좁은 공간에 대한 강박이 있는 편이다. 그런 곳에서는 가장 먼저 숨을 못 쉬게 되고 이어서 심장마저 멈추게 된다. 온몸에 피가 돌지 않으면서 의식을 잃게 된다. 다행히도 전기는 곧 들어왔다.

어제 좁은 엘리베이터에 갇힌 기억 때문에 계단으로 걸어서 방에 가려고 했다. 나는 2층에서 내 방을 찾고 있었다. 분명 3층까지 걸어 올라왔는데 내 방은 한 층을 더 올라가야 했다.

참으로 이상하게 생각하며 한 층을 더 올라갔다. 그곳에 내 방이 있었다. 나중에 알고 보니 인도는 0부터 숫자를 셌다. 그러니까 내가 묵고 있던 방은 4층에 해당했다. 그 사실을 알고 너무나 어처구니가 없어서 어디다 말도 못하고 혼자서 삐질삐질 흐르는 땀을 닦아냈다. 이곳에서 익숙한 것은 아무것도 없었다. 내가 설명할 수 있는 것이 없었다. 내가 알고 있던 것들은 모두 낯선 것이 되어 있었다.

인도는 내가 가진 것마저 아무것도 아닌 것으로 만들어버리곤 했다. 내게 아무것도 없는 빈손을 보여줄 뿐이었다. 오래전에 인도에 가겠다고 생각한 적이 있었지만 어느 순간에 모든 것이 다 사라지고 말았다. 그러니까 인도는 갈 수 없는 곳을 의미하는 대명사였다. 그것을 감추기 위해서 어떤 망각이 오래도록 나를 이끌었는지 모른다. 호텔 계단을 걸어서 내 방을 찾지 못하고 있을 때 그 기억이 떠올랐다. 인도에 가고자 했지만 그럴수록 나는 가진 것을 잃고 아무것도 없는 상태로 돌아갈 뿐이었다. 이 낯선 곳에서 어느 하나 내게 익숙한 것이 없다는 것을 느꼈을 때 나는 어떤 부재를 느끼고야 말았다. 바로 나 자신의 부재였다. 모든 것이 사라져버린, 빈 손바닥뿐인 세계가 내

앞에서 나를 증명하고 있을 뿐이었다.

심지어 이곳에서는 달걀마저도 낯설었다. 주방에 흰 달걀이 쌓여 있었다. 언젠가부터 흰 달걀을 보지 못하다가 이곳에서 오랜만에 보게 되었다. 그 흰 달걀이 어찌나 낯설게 느껴지던 지 섬뜩하기까지 했다. 아침 식탁에 오른 달걀 프라이에도 선뜻 손이 가지 않았다. 내가 새로운 감각을 열고 다른 세계를 바라볼 수 있게 되기까지 그 낯선 것들은 두려움으로 끊임없이 나에게 육박해오고 있었다. 낯선 것들은 과거와 현재가 개별적이지 않고 동시적으로 지속될 때 두려움을 만들어낸다. 두려움은 예측할 수 없는 상태와 마주했을 때 느껴지는 감정이다. 다시 아무것도 없는 상태, 무無의 원점으로 되돌아가고야 마는 체념을 나는 두려워했던 것일까.

그러다 보니 나 자신마저도 낯설게 느껴지기 시작했다. 내 안에 어떤 짐승이 오랜 잠에서 깨어날 것 같았다. 털 빠진 개한 마리가 느릿느릿 어둠 속에서 침을 흘리며 걸어 나오고 누런 뱀이 서늘하게 등 뒤에서 내 목덜미를 타고 고개를 들 것 같았다. 홀로 뒤돌아선 한 사내처럼 가파른 절벽이 나를 허공에 매달아놓을 것 같았다. 끈적끈적한 공기가 내 몸 안으로 들어

오기 시작했다. 목덜미 밑에 새로 생긴 아가미로 숨을 쉬는 것
같았다. 어깨죽지에서 두 개의 팔이 더 자라나 시바 신처럼 춤
을 추고 있지나 않은지 나는 뒤를 돌아보았다. 몸에서 자꾸만
이상한 더듬이가 자라나서 아무것도 없는 허공을 더듬고 있는
것 같았다.

화장실에도 신의 축복이

발끝이 무거운 한 마리 늙은 말이 주인 손에 끌려가고 있었다. 긴 목을 낮게 주억거리며 그 반동으로 미처 따라오지 못한 몸뚱이를 애써 이끌고 가는 듯했다. 등 위에 아무것도 싣지 않았지만 사방에 가득한 햇빛 때문에 늙은 말은 숨이 차 보였다. 그 뒤로 한 가족을 실은 통가(마차)가 가직이 따라붙고 있었다. 빛바랜 도로 위에 또각또각 경쾌한 발굽 소리에 실려서 통가가 달리고 있었다. 노란 사리를 입은 아낙네가 눈썹 위에 한 손을 들어 올렸을 때 먼지 묻은 햇빛 한 줄기가 나를 향해 쏟아지기 시작했다.

그 길을 흰 코끼리 한 마리가 달려갔다. 내가 탄 승합차는 즐거운 코끼리처럼 지칠 줄 모르고 내달렸다. 그런데 도심을 채 빠져나가지 못한 차가 사거리에 멈춰 서면 아이를 옆구리에 매단 아낙네가 뛰어오고, 다시 달리다 멈추면 또 뛰어서 오고, 포기했다 싶을 즈음 언제 왔는지 창문 밑에 또 얼굴을 들이밀었다. 제대로 먹지 못해 가칫해진 팔뚝을 번쩍 들고서 달려오던 아낙네들이 보이지 않을 무렵부터는 누런 잇몸을 드러내며 거리의 아이들이 따라붙었다.

초록색 반바지에 노란색 티셔츠를 입은 듯한 오토릭샤 몇

대가 느릿느릿 줄지어 갔다. 운전사가 요란하게 경적을 울리며 추월하는 동안 조수석에 앉은 사내는 창문을 열고 뒤를 내다보며 몇 마디 욕설을 내뱉었다. 이 난쟁이 똥자루들아. 뭐 이런 말이었을까. 그는 매우 의무적으로 화를 내고는 이내 창문을 닫았다. 아무 일도 없었다는 듯이 운전사와 무슨 얘기인지 또 한참을 즐겁게 주고받고 있었다. 간혹 길 한복판에 암소가 떡 자리를 잡고 앉아 있으면 과속으로 달리던 차량들이 도로 한 편으로 피해 가느라 속도를 늦추곤 했다. 이곳에서는 암소들이 교통경찰 역할을 대신하고 있었다.

출근 시간이라 그런지 길가에 걸어가는 사람들이 많았다. 버스가 제 속도를 내지 못했고 또 빈자리도 보이지 않았다. 사람들이 출입문에까지 매달려서 가고 있었다. 차비가 아까운 이들은 죄다 걸어서 일하러 가는 듯했다. 잠시 코끼리를 세우고 쉬다가 출발할 때였다. 비닐봉지에 담긴 쓰레기 좀 치워달라고 운전사에게 건넸다. 그러자 그는 창문을 내리더니 길가에 휙 쓰레기 봉지를 던지는 것이었다.

"인디언 스타일."

그는 뒤를 돌아보며 씩 웃어 보였다. 아무 데나 쓰레기를 버

리는 것은 이상한 일이 아니었다. 이러니 온갖 곳에 쓰레기가 가득한 것은 당연했다. 원래 인도가 쓰레기로 넘쳐나는 곳은 아니었다. 이들은 물건을 함부로 버리지 않는다. 더 이상 사용할 수 없는 순간까지 물건을 고치고 또 고쳐서 쓴다. 물건에도 영혼이 깃들어 있다고 믿어서일까. 이들은 무엇이든 함부로 버리지 않는다. 그래도 다시 사용할 수 없는 쓰레기는 버리게 된다. 길가에 쓰레기를 버리는 것은 예나 지금이나 다를 바 없을 테지만 문제는 그렇게 버린 것들이 썩지 않는다는 점이다. 기계가 들어오고 공장이 세워지면서 자본주의 시장은 온갖 상품을 만들어냈다. 무엇이든 아껴 쓸 수밖에 없을 정도로 가난한데도 넘쳐나는 비닐과 플라스틱은 굳이 다시 사용하지 않아도 차고 넘친다. 그 폐품들을 주워서 재활용하는 것이 오히려 더 번거로운 일이다. 이곳은 인구가 12억이 넘는 나라다. 그 가운데 가난과 문맹의 상태를 벗어나지 못한 이들은 또 얼마나 많은가. 도시 체계는 이 엄청난 인구를 제대로 관리할 수 없을 정도로 무력하다. 게다가 공산품은 잘 썩지도 않는다. 비닐과 플라스틱 등이 공장에서 쏟아져 나오지만 않았어도 인도는 이렇게 더러운 곳이 되지는 않았을 것이다.

그러나 아무리 쉽게 썩어서 사라진다고 해도 별수 없는 것이 있었다. 배설물은 도저히 어찌할 수 없는 지경에 이르렀다. 제대로 된 화장실이 없는 가난한 곳에서는 세상 온갖 곳이 다 화장실이다. 아이들은 아침에 일어나서 제일 먼저 집 앞의 도랑으로 간다. 바지를 내리고 뒤돌아 앉아서 엉덩이를 도랑에 대고 밤새 배 속에서 제대로 소화도 안 된 거친 음식 찌꺼기를 배설한다. 집 앞의 도랑은 이곳에 사는 모든 이들의 공동 화장실이다. 아침에 길을 지나다 보면 엉덩이를 까고 도랑에 앉아 있는 아이들을 자주 보게 된다. 길을 가던 어른들도 소변이 마려우면 아무 데나 한갓진 곳에 주저앉아서 볼일을 본다. 담벼락을 향해 뒤돌아서서 볼일을 보면 될 텐데 다들 바닥에 쭈그리고 앉아 소변을 본다. 아무리 담벼락이 훌륭하다고 해도 마지막 오줌 줄기까지 담벼락에 닿지는 않는다. 오줌발이 힘을 잃으면서 뜨겁고 시큼한 오줌이 쫄쫄쫄 땅바닥에 떨어지게 된다. 그러면 신발과 바지춤에 오줌 방울이 튀는 것은 당연하다. 종일 시큼한 소변 냄새를 묻히고 다닐 수는 없다. 그래서 남자들은 외진 담벼락을 찾지 않고 길가에 아무 데나 쭈그리고 앉아서 소변을 본다.

"나 그거 봤어."

"뭘?"

"그거."

"그걸 왜 봐. 뭐 볼 게 있다고."

"그냥 보이는 걸 어떡해."

차가 옆으로 지나가도 아랑곳하지 않고 남자들은 그것을 덜렁 꺼내놓는다. 철로를 건너다가도 문득 생각났다는 듯 자갈 위에 그대로 쭈그리고 앉아서 기차가 지나가든 상관하지 않고 덜렁 그것을 꺼내놓는다.

인도에서 불쾌한 냄새를 맡았다면 대부분 인간의 배설물 때문이다. 그 냄새는 참으로 고약했다. 자동차 매연보다 가축이 배출하는 메탄가스가 더 위험한 수준이라고 하던가. 그래도 인간보다 많은 것은 이 세상에 없다. 염소와 양과 말과 낙타가 지나가면서 배설한 것들은 그래도 괜찮다. 바람이 불고 뙤약볕에 말라붙은 배설물은 오히려 싱싱하기까지 했다. 그러나 인간의 배설물은 정말 지독했다. 원래 인간이 독하디독한 존재라서 그럴까. 온갖 곳에 그 견딜 수 없는 썩은 내가 가득했다.

"설마 우리가 가는 덴 화장실 있겠지?"

"나도 길거리에 쭈그려 앉아야 할지도 몰라."

그런 길거리를 느릿느릿 지나가고 있었다. 길이 막혀 차가 멈춰 서면 몇몇 상인들이 기다렸다는 듯이 모여들고, 통 안에 든 코브라가 지루한 듯 바깥 공기를 마시러 고개를 내밀고, 조잡한 액세서리들이 한껏 높이 눈앞에 들어 올려졌다. 그러다가 어느새 도심을 빠져나왔는지 흰 코끼리는 잘도 달렸다. 또각또각 발굽 소리만 싣고 다시 빈 통가가 지나가고 나면 창밖은 오래된 폐가의 반쯤 뜯겨나간 벽지처럼 얼룩진 햇빛뿐이었다.

"짜이Chai 맛 좀 봐야지?"

한참을 잘 달리다 그것도 지루해졌는지 어느 레스토랑 앞에 차가 멈췄다. 오는 길에 부부로 보이는 젊은 남녀를 태운 차를 몇 번 지나쳤는데 그들은 이곳에 먼저 도착해 있었다. 멀리서 보아도 여자는 대단한 미인이었다. 남편은 전형적인 미국인 같았지만 여자의 피부색이 조금 갈색에 가까운 것을 보니 스페인계가 아닐까 싶었다. 나는 그들의 사진을 찍을까 해서 레스토랑 입구에 서 있었다.

'그런데 뭐라고 말을 붙이지?'

그늘에 앉아 있는 그들에게 선뜻 다가서기가 쉽지 않았다.

너무나 다정하게 이야기를 하고 있어서 그 사이에 내가 불쑥 끼어들 수 없다는 생각이 주저하게 만들었는지 모른다.

'어디까지 가시나요?'

어디까지 가긴 뭘 어디까지 가는가. 이 길은 그 어디도 아닌 오로지 아그라를 향해 가는 길이 아니던가.

'아름다우시군요.'

대체 이게 무슨 수작이란 말인가. 한 대 맞고 싶어서 이 먼 인도까지 온 것은 아니었다. 그러는 동안 그들은 한낮의 좁은 그늘에서 사라졌다. 내가 서 있던 자리에는 괜히 내가 왔던 길을 되돌아 건너다보는 한 덩이 그림자만 남았다.

레스토랑 입구에 있는 화장실에 들어간 것은 딱히 요의를 느껴서는 아니었다. 제대로 된 화장실을 발견한 것이 반가웠으리라. 누군가 그곳에서 나오기에 나도 들어가 보았다. 화장실이라는 것도 모르고 들어가지는 않았으니 당연히 어둔 구석쯤을 향해 늘 하던 대로 걸어 들어갔다.

"나마스테."

문 앞에서 누군가 두 손 모아 공손하게 인사를 하는 것이 아니던가. 벽을 바라보고 있는 동안 미지근한 것이 몸에서 빠져나

가는 게 느껴졌다. 40도를 넘는 날씨에 지쳐 있었는지 그리 홀
가분한 기분이 들지 않았다.

생각보다 화장실은 깨끗했다. 냄새라고는 그저 약간 습한 느
낌 정도랄까. 소변기 외에는 대체로 어둔 편이었지만 그런대로
나쁘지 않았다. 세면대가 보여서 다행이라 여기며 손을 씻고
돌아서는데 좀 전에 문 앞에서 인사를 하던 키 큰 사내가 분
홍색 티슈 한 장을 권했다. 엉겁결에 그 티슈를 받아들고 손을
닦았다. 사내는 휴지를 버리는 작은 플라스틱 통을 향해 공손
하게 손짓을 했다.

"고마워."

휴지통 앞에서 돌아서려는데 또 사내는 그 옆의 작은 통을
향해 손짓을 하고 있었다. 유료 화장실이었던가. 언젠가 종로
지하상가에서 몇백 원쯤인가 내고 화장실을 이용한 기억이 떠
올랐다. 그래서인지 나는 거의 반사적으로 주머니에서 지갑을
꺼냈다. 신은 화장실에서조차 한 사내에게 직업을 만들어주었
구나.

화장실에서 나오자 레스토랑 문 앞까지 온갖 기념품들이 쌓
여 있었다. 반지며 귀고리며 팔찌와 장신구 들이 가득했지만 언

제 팔려나간 적이라도 있느냐는 듯이 무심해 보였다. 다양한 문양과 색상, 무엇을 상징하는지 알 수 없는 기괴한 조각들. 오래된 골동품을 흉내 낸 것들이었다. 딱히 눈에 들어오는 것도 없고 게다가 골동품이랍시고 터무니없는 가격을 부를 게 뻔했다.

"다들 짜이 한 잔씩 시키죠."

메뉴판을 봐도 뭘 먹을 수 있는지 알 수가 없었다. 점심을 먹기에는 이른 시간이었으니 음식을 주문할 필요는 없었다. 다들 인도식 차를 맛보겠다고 했다.

"혹시 화장실에서 누가 돈 내라고 하지 않던가요?"

어떤 음식인지도 모르면서 나는 메뉴판을 이곳저곳 들여다보고 있었다. 나에게 묻는 질문이었을까. 나는 계속 메뉴판만 들여다보고 있었다.

"돈 내라고 하기에 잠시 생각하다가 두 손 들어 저스트 어 모먼트 하고 그냥 나왔어."

다행히도 다른 이가 그 질문을 받아갔다.

왜 나는 메뉴판에서 눈을 떼지 못하고 심지어 메뉴판을 다 외울 듯이 읽고만 있었을까. 대체 그게 읽을 만한 것이나 되던가. 나는 바보가 아니다. 나는 바보가 아니다. 나는 바보가 아니다. 귀밑으로 땀이 흐르고 있었다.

'그 돈이면 이번 여행이 끝날 때까지 짜이를 질리도록 사 먹을 수 있을 거야!'

내 지갑에는 아침에 루피로 환전한 고액권뿐이었다. 아직 뭔가를 사본 적이 없으니 거스름돈 역시 없었다.

'난 그게 얼마짜린 줄도 몰랐다구.'

나는 바보다. 나는 바보다. 나는 바보다. 내가 읽고 있던 메뉴판에는 오로지 그 한 문장만 가득 쓰여 있었다. 키 큰 나마스테 사내는 그날 모처럼 가족들과 푸짐한 저녁을 먹었을 것이다.

짜이 한 잔

"이거 뭐지? 익숙한 맛인데……."

내 목소리가 조금 높아서인지 주위의 몇 사람이 짜이를 한 모금 마시고 뭔가 떠올리는 표정이었다. 나도 한 모금을 더 마셔보았다.

"아, 추어탕이다!"

차를 마시며 걸쭉한 토속 음식의 맛을 떠올리는 것은 그다지 어울리는 일은 아니었다. 게다가 차를 마시며 그 맛이 다른 어떤 것과 비슷하다고 기억을 떠올려본 것도 내게는 처음이었다.

동네 근처에 있는 추어탕집에 가끔 가곤 했다. 보글보글 끓고 있는 뚝배기에 잘게 썬 청양고추와 들깨와 산초 가루를 넣고 숟가락으로 잘 저어서 뜨거운 국물을 한 숟가락 호호 불어 마시면 특유의 쌉싸래하면서도 구수한 향이 목덜미 쪽으로 깊숙이 머물다 온몸으로 퍼져 내려갔다. 그 맛이었다.

짜이를 한 모금 더 마시자 내게는 추어탕 맛이 느껴졌다. 그런데 내 몸은 또 다른 기억을 떠올리고 있었다. 미꾸라지가 바닥을 헤집고 다니며 흙탕물을 만들어내던 그 냄새가 났다. 싱싱했다. 바닥까지 내려갔다가 온몸으로 치고 올라오는 진흙 냄새였다. 썩은 지푸라기 냄새가 이상하게 맑았다. 파닥파닥 작은 꼬리지느러미를 칠 때마다 햇볕의 알갱이가 흩어졌다. 짜이 한 잔을 마시는 동안에 내 몸은 꿈틀거리기 시작했다.

몸이 좋지 않아서 기력을 회복하고 싶을 때면 가끔씩 추어 탕집을 찾곤 했다. 그때 먹던 맛이었다. 짜이는 뭔가 내게 깊은 진흙 냄새를 떠올리게 했다. 내 몸이 나도 모르게 병들어 있었던 것일까. 뭔가 그리운 맛이었다. 그 뜨거운 것이 캄캄한 목구멍으로 넘어갈 때는 맨발로 진흙 위를 걸어가는 듯한 느낌이었다. 어딘가로 돌아가는 느낌. 발가락 사이로 진흙이 빠져나오면서 간질간질한 느낌. 초여름의 나무 그늘을 지나온 바람이 내 몸으로 다시 가만히 불어오는 것 같았다.

짜이는 인도가 영국의 식민지 지배를 받을 때 만들어졌다. 영국인들은 인도에서 홍차를 재배하기 시작했는데 식민지에서 값싼 노동력으로 질 좋은 차를 생산할 수 있기 때문이었다. 인도는 홍차를 생산하기에 좋은 기후였다. 그렇다고 모든 홍차가 상품이 될 수는 없었다. 품질이 떨어지는 질 나쁜 홍차는 시장에 팔 수가 없었다. 그래서 인도인들은 팔지 못하고 남은 홍차를 맛있게 끓여 먹는 법을 찾아냈다. 거칠고 질 나쁜 홍차를 맛있게 먹기 위해 만들어진 것이 짜이다. 인도인들의 입맛에 맞게 여러 향신료를 섞어서 만든 것이 마살라 짜이다. 시나몬, 커민, 카다멈, 생강, 소두구, 정향, 계피, 통후추, 월계수 잎 등 짜이에 들어가는 향신료는 꽤 많다. 그때그때 입맛에 맞춰 넣으면 된다. 카다멈이 있으면 넣고, 없으면 다른 것을 찾아서 넣으면 된다. 인근에서 쉽게 구할 수 있는 재료로 끓인 것이 짜이다.

인도인이라면 누구나 짜이를 마신다. 진흙을 빚어서 만든 작은 잔에 짜이를 따라 마시고 난 뒤에는 그 잔을 바닥에 내던져 깨버린다. 빈 잔을 다시 사용해도 괜찮겠지만 굳이 깨버리는 이유가 따로 있다. 인도에는 카스트제도가 여전히 존재한다. 영국의 지배를 벗어난 1947년부터 카스트제도는 불법으로 규정되었지만 오랜 문화는 그리 쉽게 사라지지 않는다. 이들은 서로 다른 계급 사이의 접촉을 꺼린다. 특히 불가촉천민不可觸賤民이라고 부르는 이들은 계급에조차 속해 있지 않은 가장 천한 사람들이다. 그들과 접촉해서는 안 된다는 것이 그들의 이름이 될 정도다. 그 이유 중에 하나는 그들로부터 병이 옮기 때문이라고 하지만 그것은 구실에 불과하다. 천한 계급과 자신을 구분하기 위해서 접촉을 금기시하는 것이다. 그래서 다 마신 진흙 잔을 다른 계급에 속한 이들이 만지지 못하도록 깨버리는 것이다. 그만큼 인도는 계급 간의 구분이 철저하다.

나는 고속도로의 레스토랑에서 정갈한 커피 잔에 나온 짜이를 마셨다. 그 이후로 길거리나 골목에서 짜이를 마실 때는 작은 유리잔에 마셨다. 그나마 다행이라고 생각했다. 진흙 잔에 마셨으면 운치라도 즐겼겠지만 그래도 그 진흙 잔에는 어떤 슬픔이 서려 있었다. 내가 마신 유리잔은 깨뜨리지 않고 다시 누군가의 손에 쥐어질 것이다. 뜨거운 짜이를 작은 유리잔에 가득 담아줘서 잔을 들고 있는 것도 쉽지 않았지만 그래도 계급 사이의 차별이 조금씩 사라지는 게 아닌가 싶어서 다행이라 여겼다. 모두가 똑같은 유리잔을 사용하는 것이다.

인도는 깨끗한 것과 부정한 것을 철저하게 구분한다. 그래서 인도인들은 낮은 계급이 만든 음식조차 먹지 않는다. 이들은 같은 계급이 만든 음식을 먹는다. 최상위 계급인 브라만은 브라만이 만든 음식만을 먹는다. 인도인들이 손으로 식사를 하는 것도 같은 이유다. 낮은 계급이 만든 식기를 사용해서는 안 되기 때문이다. 내가 손에 쥔 숟가락을 누가 만들었는지 알 수 없기 때문이다. 그래서 이들은 아예 손으로 식사를 한다. 오히려 손으로 식사를 하는 것이 가장 깨끗한 방법이다. 어떤 부정도 끼어들지 않도록 정갈하게 식사를 하는 방법이다. 어디 음식뿐이겠는가. 인도의 의상도 부정을 타지 않아야 한다. 바느질한 천을 부정하게 여기기 때문에 여성이 입는 사리나 남성이 입는 또띠 같은 의상은 바느질을 하지 않는다. 인도는 이처럼 대단히 정갈하다. 부정한 것을 극도로 피하려고 한다. 부정을 피하고 깨끗하게 살기 위해서 오히려 상대적으로 다른 계급에 대한 차별이 강화될 수밖에 없었는지도 모른다.

　인도에서 짜이를 마시기 시작한 지가 그리 오래되었다고 볼 수는 없지만 그들의 입맛에 맞게 만들어졌으니 짜이는 분명 인도인의 취향을 그대로 반영한 차라고 할 수 있다. 짜이는 계급적 지위를 넘어서서 모두가 마신다. 그렇기 때문에 지나칠 정도로 부정한 것을 기피하는 이곳에서는 짜이 역시 아무렇게나 함부로 만들지 않는다. 시장 골목에서 대충 질 나쁜 재료들을 넣고 비위생적으로 끓여서 내다 파는 것 같지만 짜이는 꽤 신선하고 깨끗하다. 그렇지 않다면 모든 인도인들이 즐기지는 않을 것이다. 이렇게 짜이에는 인도인들의 삶의 냄새가 배어 있다. 그들이 살아가는 땅의 내음이 스며들어 있다. 그래서 짜이를 한 잔 마시고 나면 그때부터 이 낯선 땅에 조금씩 익숙해지기 시작한다. 마음만 그런 것이 아니라 몸까지도 서서히 이 진흙 같은 세상에 적응하게 된다. 짜이를 마시면 이상하게도 그때부터 온갖 곳에서 풍겨오는 악취가 사라져버린다. 내 몸이 이곳을 받아들이기 시작한다. 내 영혼마저도 이 세계에서 어떤 안식을 얻기 시작한다.

.

타지마할, 차마 말이 되어 나오지 않는
어느 미치광이의 신음 소리만으로

750루피에 타지마할 입장권을 구입하면 물병 하나 들어 있는 종이 가방을 준다. 무더운 날에는 물병 하나도 반갑다. 이 입장권 하나로 아그라의 다른 유적지도 들어갈 수 있지만 그래도 자국인에 비하면 꽤 비싸다. 아그라에 와서 입장료가 비싸다고 돌아설 수는 없는 노릇이었다. 매표소에서 릭샤를 탄 것도 순전히 그래야만 하는 줄 알았기 때문이었다. 매표소가 입구인 줄 알았는데 그게 아니었다. 릭샤는 여섯이 타기에는 비좁았다. 자리를 잡았다 싶기도 전에 벌써 도착했다.

1킬로미터 정도의 거리인데 비좁은 자리에 간신히 얹혀 있으려고 애를 쓰는 동안 시간은 금방 지나갔다. 건축물 보호 때문에 매연을 뿜는 자동차는 가까이 갈 수 없는 것 같았다. 릭샤에서 내리고도 한 100여 미터는 더 올라가야 했다. 길 양편으로 상점들이 늘어서 있었다. 어디서 나타났는지 열두어 살쯤 되어 보이는 소년들이 바짝 따라붙었다. 좋은 상품이 많다고, 자기네 가게로 오라고, 쉴 새 없이 뭐라고 말을 걸어왔다. 상대의 대답은 들을 필요도 없이 그저 손님의 발길이 자기네 상점으로 향하게만 하면 된다. 달라붙는 소년들 때문에 내가 지금 무엇을 하러 이 길을 걸어서 올라가는지 잊을 지경이었다. 정수리에 맺혀 있던 땀방울이 귀밑머리를 타고 목덜미로 흘러내렸다. 티셔츠가 땀에 젖어 몸에 달라붙었다. 숨을 쉴 때마다 뜨거운 공기가 몸 안에 차오르는 것이 느껴졌다. 무더위와 끊임없이 따라붙는 아이들 때문에 정신마저 혼미할 정도였다. 몇 걸음만 걸어도 줄줄 땀이 흐르는데 매표소에서부터 걸어왔으면 어떻게 되었을까. 릭샤를 타고 온 것은 참으로 다행이라 생각했다.

그때였다. 몇 걸음 옮기기도 전에 나무 그늘 아래 길옆에서 무엇인가 다급하게 바닥을 기어오고 있었다. 세상에나! 나는 느낌만으로도 두려워 그쪽 방향으로는 시선조차 돌리지 못하고 있었다. 한 마리 누렇게 거죽이 벗겨진 짐승이었을까. 양쪽 눈은 사방으로 돌아가 있었다. 허옇게 침버캐가 묻은 입으로 뭐라고 중얼거리며 내 옆으로 기어 오는 것이 느껴졌다. 마른 입술은 왼쪽 광대뼈 밑으로 있는 힘을 다해 치켜 올라가 있었다. 어떻게 저런 몰골이 가능할까. 다리 한쪽은 잘려나갔고 나머지 다리 하나는 어떻게 몸에 붙어 있는지 도저히 물리적으로 불가능한 방향으로 꺾여 있었다. 아무렇게나 잘라낸 나무토막 하나가 심하게 굽은 척추 아래 붙어 있는 것 같았다. 바닥을 질질 끌고 오는 어떤 몸뚱이 하나가 위태롭게 꿈틀거렸다. 허공에서 떨어진 거미 인간이 사방으로 꺾인 팔다리를 휘저으며 기어오다가 멈추고 다시 기어오다가 멈추었다. 그가 간신히 한쪽 팔과 엉덩이로 기어오다가 한 덩이 잔인한 땡볕 앞에 멈추었을 때 길바닥의 뿌연 먼지가 묻어 있던 빈 손바닥이 애처롭게 허공으로 잠시 들어 올려졌다. 저토록 잔인하게 저주받은 몸뚱이를 나는 차마 바라다볼 수가 없었다. 저 지독하게 슬픈 인간을 나는 두 눈으로 마주할 수가 없었다. 아무도 그를 보지 못한 듯했다. 그 어디에서도 비명 소리가 들려오지 않았다. 저렇게 흉측하게 망가져 아무렇게나 내버려진 육체를 나는 어디에서도 본 적이 없었다.

내 걸음은 점점 빨라졌다. 일행의 뒤를 바짝 따라붙으면서 시선을 돌리지 않으려고 애를 썼다. 나는 아무것도 보지 못했다. 그저 더위에 지친 나무 그늘 하나가 땡볕 한가운데 내동댕이쳐졌던 것이다. 누런 개 한 마리가 침을 흘리며 낮잠에서 깨어났을 뿐이다. 아이들이 내 옆에 바짝 붙어서 정신없이 떠들어대고 있을 뿐이다. 땀이 흘렀다. 또 땀이 흘러 등줄기를 타고 흘러내렸다. 눈가에 땀이 배어들어 쓰라렸다. 소총을 한쪽 어깨에 늘어뜨려 메고 있는 군인이 보였다. 그늘에 서 있는 사람은 모두 베이지색 군복을 입고 굳은 표정을 하고 있었다. 그새 아이들도 보이지 않았다.

입구는 둘로 나뉘었다. 남녀가 각기 다른 줄을 서야 했다. 왼쪽 줄에는 여자들이 서 있었고 나는 오른쪽으로 따라가고 있었다. 몸수색을 철저히 했다. 가방을 열어보고 몸을 더듬어보고 표정까지 살피는 듯했다. 내 차례가 되었을 때 두 팔을 양옆으로 펴고 호주머니에 든 것을 죄다 꺼내어 보였다. 다른 한 사람이 내 가방을 열어보았다. 디지털 기기에 연결하는 케이블이 걸렸다. 소지할 수 없는 물건이라고 했다. 카메라와 핸드폰은 들고 들어갈 수 있지만 다른 전자 부품은 안 된다고 했다.

"라커 룸에 맡겨."

그의 발음은 단번에 알아듣기 힘들었다. '로꾸 룸'이라고 했던가. 아직 이곳 특유의 발음이 익숙하지 않았지만 상황에 맞춰 귀를 다시 열고 있으면 이해할 수 있기도 했다. 내 뒤에서 검문을 받던 일행 한 사람도 걸렸다. MP3 플레이어도 안 된다. 감기약조차도 불가하다. 다른 일행들은 벌써 검문을 통과하고 들어갔는지 보이지 않았다. 두 사람이 할 수 없이 가방을 다시 메고 밖으로 나왔다. 그때 다시 상점 아이들이 다가왔다. 괜히 물건을 맡겼다가는 영락없이 그곳에서 엉터리 물건이나 하나 사게 될까 봐 아이들을 따라가지 않았다.

100여 미터 아래 우리를 기다리고 있는 릭샤를 향해 걸어갔다. 나는 아까 보았던 불쌍한 남자가 다시 나를 발견하게 될까 봐 걸음은 빨리하되 가능한 한 몸짓이 드러나지 않게 조용히 가려고 했다. 다행히 요란스럽게 아이들이 따라붙지도 않았고 누구도 나를 주목하지 않았다.

릭샤를 세우고 기다리던 젊은 사내는 손에 든 물건을 내밀며 다가오는 우리를 보자 무슨 일인지 알겠다며 미소를 지었다. 서둘러 다시 길을 올라가는데 저쪽 나무 그늘 아래에서 다시 저주받은 사내가 기어 나오려고 하고 있었다. 나는 서둘러 입구 쪽을 바라보며 걸음을 빨리 옮겼다. 한 녀석이 길 아래까지 따라왔는지 그새 또 달라붙었다.

입구에서 퇴짜 맞은 게 걸렸는지 아니면 애써 나무 그늘 아래 내버려진 불쌍한 사내를 잊으려고 했는지 어린 소년과 괜히 농담이나 주고받으며 걸었다. 고작 얼마 되지 않는 짧은 길이지만 더위와 파리와 소년과 어떤 공포가 이 길을 한없이 길게 늘

여놓았던 모양이었다. 나는 벌써 지쳐 있었다.

　이번에는 입구에서 별일 없이 통과하는 줄 알았다. 검문을 마치고 두어 발자국 지났을 때였다. 뒤에 서 있던 또 다른 군인 한 명이 나를 불러 세웠다. 그러더니 다시 내 가방을 열어봤다. 그러면 그렇지 하는 표정으로 그는 하얀 담뱃갑과 라이터를 꺼내 보였다. 그러면 이 물건은 그냥 버리고 들어가겠다고 했는데 그럴 수는 없다고 했다. 또 검문에 걸렸다. 어떻게 저 땡볕을 다시 걸어갔다가 올 것인가. 그 자리에 주저앉고 싶었다. 나는 완전히 탈진한 상태였다. 온몸은 땀에 젖어 끈적거렸고 뒤쪽의 새하얀 길은 무심한 듯 뜨거운 햇빛으로 가득했다. 다시 달라붙는 아이들이 있어서 필요 없으니 가져가라고 담배와 라이터를 주고 말았다. 좀 전에 나에게 따라붙던 한 소년은 운이 없었는지 보이지 않았다.

　둘이서 아무 일도 없었다는 듯이 태연스럽게 안쪽으로 걸어 들어갔다. 좁은 길을 따라 들어가니 오른쪽에 커다란 입구가 보였다. 적갈색 사암으로 만든 정문이었다. 입구로 들어가니 어둠 속이었다. 반대편 문 쪽에 사람들의 검은 머리 위로 새하얀 타지마할이 보이기 시작했다. 정교한 문양으로 가득한 천장을 둘러보며 뒤에서 들어오는 사람들을 따라서 그 속도로 다시 걸어 나갔다.

300미터쯤 될까. 중앙 수로 옆으로 난 길을 따라 걸었다. 눈이 부셨다. 사방에서 햇빛이 쏟아져 들어왔다. 눈을 제대로 뜨지 못할 정도로 빛은 강렬했다. 등줄기를 타고 땀이 흘렀다. 저 멀리 웅장한 모습으로 서 있는 타지마할은 그저 거대한 빛의 덩어리일 뿐이었다. 모든 것이 대칭으로 이루어져 있다고 했으니 중간쯤 걸어갔을 것이다. 계단이 있는 중앙 수조 위에 잠시 올라갔다가 내려와 몇 발자국 걸음을 옮길 무렵이었다.

"돌아갈까요?"

누가 한 말인지 알 수 없었다. 그리고 누가 한 말인지는 중요하지 않았다. 서너 걸음 앞서 가던 일행들이 걸음을 멈추고 뒤돌아섰다.

"봤으니 그만 됐지 뭐."

더위 때문이었을 것이다. 돌아가야 할 시간이 걱정되어서였을 것이다. 그러나 나는 햇빛 때문이라고 생각했다. 그 새하얀 빛이 강렬하게 쏟아져 내려서 온 사방으로 부서지는 날카로운 빛의 파편들이 검은 눈동자 속으로 파고들어 와 모든 것을 말갛게 녹여버리고 있었기 때문이라고 여겼다. 강렬한 햇빛이 머릿속을 새하얗게 지워버리고 있었다. 타지마할은 보이지 않았다. 온통 둥근 빛의 파편들뿐이었다. 어디선가 거대한 빛의 덩어리가 지상에 내려와 있을 뿐이었다. 이 세상에서 가장 아름다운 건축물은 보이지 않았다.

　모든 것이 흐물흐물 녹아내리는 것 같았다. 고무로 만들어 붙인 팔과 다리가 흘러내렸다. 빛을 타고 내려온 새하얀 벌레들이 온몸에 들러붙어 끈적끈적한 살덩어리를 파고들고 있었다. 누런 뇌가 녹아서 얼굴과 함께 흘러내리고 식도와 내장과 뼈가 한데 엉겨 붙어서 서로를 녹이고 또 녹아서 흘러내리는 것 같았다. 어처구니없는 일이었다. 무엇엔가 홀린 듯했다. 그 먼 곳까지 하루 종일 찾아가서 고작 입구에서 뒤돌아서다니.

　그날 밤에 나는 혼몽에 사로잡혀 있었다. 설핏 잠에 들었다가 어떤 알 수 없는 소용돌이에 휩쓸려가다가 느닷없이 깨곤 했다. 어둠 속에서 간신히 눈을 뜬 채 어디선가 비쳐오는 한 줄기 빛을 바라보고 있었다. 나는 거대한 빛의 덩어리가 내려와 앉은 타지마할을 보고 있었다. 더 이상 이보다 아름다운 것은 없었다. 돌 속에 빛을 품어 새긴 무늬들은 넝쿨처럼 나무줄기를 둥글게 뻗어내고 잎사귀를 피웠다. 손톱에 맺힌 핏물처럼 사방에 꽃잎이 피어났다. 웅장한 구름이 지상에 내려와 영원한 안식을 누리고 있었다.

위대한 건축물을 만든 장인들의 손목을 잘라서 더 이상 아름다운 건축물을 만들지 못하게 하라고 어디선가 우렁찬 목소리가 들려왔다. 그리고 한 사내의 손목이 잘려나갔다. 하지만 이 아름다운 영묘의 입구에는 구부러진 발과 손목 하나로 짐승처럼 바닥을 기어 다니는 사내가 떠나지 못하고 근처를 배회하고 있었다. 눈빛이 사방으로 돌아간 반미치광이처럼 아름다움에 영혼마저 잃은 사내가 평생 맨바닥을 끌고 다닌 그 슬픔으로 빈 손바닥을 허공에 치켜들고서 무엇인가 간절히 애원하고 있었다. 푸른 하늘 높이 둥근 구름을 올려놓은 지붕이 무너져 내리고 힘차게 뱀이 기어오르던 기둥마저 한갓 붉은 먼지로 내려앉았어도 차마 말이 되어 나오지 않는 저주받은 천치의 신음 소리만으로 한 사내가 울부짖고 있었다.

그저 한나절 지나가는 비에 젖은 바짓단같이만 강물이 흐르기를 원했지만 사내의 걸음은 자꾸만 진흙 바닥으로 빠져들고 있었다. 물소들이 걸어 들어간 둥근 바닥에 잠시 잔잔한 햇살이 내려앉는가 싶더니 이내 물고기들이 햇빛을 물고는 떼를 지어 어딘가로 소용돌이를 치듯 사라지는 것이었다. 눈썹같이 까만 아가미들이 송알송알 자그맣게 반짝이다 돌연 바다 모를 곳으로 사라져버리고 나자 강물은 한없이 깊어지고만 있었다.

어느덧 한나절 햇빛에 눈이 먼 듯 사내는 보이지 않고 검은 물소가 느릿느릿 강을 오가며 풀을 뜯고 있는 것이었다. 누가 가만히 내 젖은 어깨를 스치고 지나가는 것 같아 뒤돌아보니 저물어가는 붉은 석양이 내 눈마저 지우고 있었다. 나는 뒤돌아서서 어딘지도 모를 곳으로 터벅터벅 걸어가고 있었다. 누군가 출렁이는 허공에 하얀 손목 하나를 올려놓고 있었다. 어둠 속에 그 무거운 허공에서 슬픈 몸뚱이 하나가 애처롭게 울고 있었지만 나는 그 얼굴을 알아볼 수가 없었다.

삼억 삼천의 신들께서
친히 지나가시었다

전혀 다른 세계를 마주하고서 그것을 언어로 표현할 수 없을 때 가장 먼저 불안을 느끼게 된다. 도저히 설명할 수가 없기 때문이다. 그런 상황에 처하면 일제히 생각이 멈춰버리고 자기 자신마저 잃어버린 공허감에 사로잡히게 된다. 말문이 트이지 않고 어디를 바라보아야 할지 시선을 놓치게 된다. 그때 가까스로 자기 안에서 몇 개의 언어를 꺼내놓으려고 안간힘을 다한다. 그래도 어떤 조각난 말조차 떠오르지 않는다. 뭐라도 붙들고 끼워 맞춰서 설명을 해야 할 텐데, 알 수 없는 상실감에 휩싸일 뿐이다.

밤에 깬 개들의 울음 속으로 여전히 따뜻한 늑대의 피가 흐르고 있을 때 질긴 탯줄을 잡고도 나는 어둠 속에서 기어 나오지 못하는 한 마리 짐승이었다. 그렇게 두 눈과 귀마저 잃고 오래고 오랜 잠에서 깨어난 것 같았다. 지난밤의 혼몽을 햇빛에 털어낼 사이도 없이 서둘러 아침 일찍 떠나야만 했다. 300여 마리의 흰 말들이 끄는 마차에서 막 내려섰을 때였다. 세상 어디든 웬만해선 다 갈 것 같은 버스 스탠드 앞에 당도했을 때였다. 이게 무슨 냄새인가. 강한 지린내였다. 재래식 화장실이 통째로 내 몸속에 들어온 느낌이었다. 숨통을 틀어막다 못해 울렁울렁 속을 다 게워낼 듯 지독한 냄새가 풍겼다. 몇천 년은 족히 싱싱하게 곰삭은 냄새가 내 몸의 실핏줄 끝까지 죄다 스며든 것만 같았다.

힌두스탄 평원을 지나 벵골 만으로 가는 길이었을까. 마이소르 왕국에서 방금 도착한 사내가 지나가고, 손목이 잘린 무굴제국의 한 장인이 지나가고, 구름의 친척인 검은 코끼리들이 지나가다가 담벼락을 향해 문득 서 있었을 것이다. 깨진 보도블록을 연꽃 받침 삼아 뒷모습으로 가장 편안한 자세로들 서 있었을 것이다. 그렇게 걸음을 멈추고 뒤돌아서길 몇 년째인가. 몇십 년째인가. 몇만 년째인가.

누군가 왼손으로 냄새의 진원지를 가리키자 대지와 나무의 신들이 주변을 에워싸기 시작했다. 기쁨의 과수원에서 따온 과일들이 노점상 리어카마다 넘쳐나고 오색 벌들이 날아다니며 맹독성 향연을 펼치고 있었다. 제단에 향을 피우지 못한 내 앞으로도 삼억 삼천의 신들께서 친히 지나가시었다. 10억 명이 넘는 참배객들이 숨 막힐 듯 숨 막힐 듯 죄다 몰려들었다.

아무런 인연도 없이 내 뒷모습마저 지워지는 게 두려웠던가. 제 걸음도 아닌 걸음을 따르는 것은 마찬가지겠지만 나는 코를 틀어막은 채 무거운 여행 가방을 끌며 일행의 뒤만 바짝 따르고 있었다. 릭샤가 한 대 좁은 골목길을 아랑곳없이 바삐 지나갔다. 한번 건너면 돌아갈 수 없을 만큼 험한 길이었는지 간판도 없는 상점 앞에 무릎 꿇은 채 죽음마저 귀찮다는 듯 늙은 낙타가 앉아 있었다.

어쩐지 홑청 한 단 등짐이나마 실어 올리면 곧 일어설 것 같아서 선뜻 500루피 헐값을 치르고 낙타 한 마리를 샀다. 힘겹게 낙타를 일으켜 세우자 오래전 왔던 길을 기억하는지 어디론가 저 홀로 걷기 시작했다. 죽을 자리를 찾아 여기까지 온 것은 아니라는 듯, 그래도 뭔가를 들키지 않으려는 듯, 먼 곳만 쳐다보며 낙타는 걷고 있었다. 마른 심장을 손에 들어 둥둥둥 북을 치고 빈 바닥을 들어 올려서 몸으로 둥근 원을 그리며 거리의 아이들이 몰려들었다.

나는 그 사이를 비집고서 낙타 등에 올라탔다. 그때만 해도 저 지층이 없는 바람과 모래 언덕을 향해 느릿느릿 걷고 있었다. 짓다 만 건물 앞의 흙덩이 같은 아이들이 그 커다란 눈으로 몰려들 때까지는. 검게 타들어간 눈동자가 이내 때 절은 손길이 되어 내 시선을 빼앗으면서 시장 한복판에 나 홀로 남겨질

때까지는. 소똥인지 진흙인지 모를 내 발자국을 뒤돌아보기 전
까지는.

그 누구의 것도 아닌
이상하고도 익숙한 바로 나의 냄새

버스를 타고 밤새 열두 시간을 꼬박 가야 했다. 옴짝달싹 못하고 한자리에 앉아 있어야 하니 생각만으로도 감당이 안 되었다. 저녁에 먹은 것들이 내 아랫배에서 부글부글 끓어오를 난감한 사태를 어찌할 줄 모르고 식은땀만 흘릴지도 모르지만 그보다는 어서 빨리 이곳을 벗어나고 싶었다. 인터 스테이트 버스 터미너스Inter State Bus Terminus 입구부터 도저히 숨을 쉴 수 없을 정도로 압박해오는 지린내보다 누렇게 빛나는 사람들의 그 온갖 눈빛들을 피하고 싶었다. 수많은 사람들 틈새로 가닥스럽게 이어진 길을 겨우 따라서 갔다. 다람살라로 가는 버스를 어디에서 타야 하는지 쉽게 찾을 수가 없었다. 등에 짊어진 배낭까지 푹 젖어드는 흥건한 땀에 점점 저녁 어둠마저 배어들어서 더욱 끈적끈적하고 시큼한 냄새가 났다.

도로 위에서 가끔 소의 사체를 보았다. 내장이 터져서 부패한 채 도로 위에 그대로 방치되어 있었다. 푸줏간에서 내장만 따로 담아놓은 통을 엎질러놓은 것 같았다. 이 나라에서는 암소를 먹지 않는다. 암소를 숭배하는 것이 힌두교의 교리이기 때문이다. 인구가 많은 곳에서 육식을 하게 되면 식량 자원이 부족해진다. 많은 이들이 먹을 수 있는 곡식을 소를 키우기 위해 사용하고 나면 식량은 부족해지기 마련이다.

그러나 천민들은 소를 잡아먹기도 한다. 간혹 도로 위에서 죽은 소의 사체를 걷어가는 이도 있다고 한다. 그러니까 천민이라고 손가락질하는 이들이 있을 것이다. 어차피 천민이 된 바에야 손가락질 받는 게 뭐 그리 대수겠는가. 그렇게 굶주리지 않고 실컷 소를 잡아먹으면 되겠지만 그 서러운 음식을 아무렇지도 않게 먹을 수 있는 사람은 없다. 어쩔 수 없을 때 마지막으로 주린 배를 채울 수밖에 없다.

그 저주받은 고기를 먹는 자는 이내 문명으로부터 외떨어진다. 그래서 이들의 눈빛에서 누런 광채가 빛나는 것일까. 내가 느낀 알 수 없는 공포감의 원인은 여기에 있는지 모른다. 나는 어떤 태초의 공포를 이곳에서 마주하고 있을 뿐이었다.

"다람살라?"

"네. 다람살라."

간신히 버스를 찾아 짐을 싣는 동안에 한 인도인이 내게 버스의 목적지를 묻고는 내 뒤로 줄을 섰다. 다행히도 그의 눈빛은 누렇게 빛나지 않았다. 현지인도 쉽게 찾을 수 없을 만큼 구석진 곳에 버스가 정차해 있었다. 방금 지나온 길의 공포와 살인적인 무더위를 벗어날 수 있을 것 같아서 그제야 안심이 되었다.

길바닥에 내장을 다 드러낸 채 썩어가는 동물의 사체처럼 그새 세상은 어둠으로 가득했다. 난민이 되어 국경을 넘어가는 버스를 탄 것만 같았다. 버스가 출발하기 전까지 한참 동안 나는 불안했다. 주 경계선을 넘어가는 곳에서 길켠으로 버스가 멈췄다. 버스 기사가 뭔가 서류를 작성하러 사무실로 들어간 사이에 혹시 몰라 소변이라도 볼 생각으로 차에서 내렸다. 사무실 앞에 장총을 들고 있는 사람이 가리키는 곳으로 갔더니 화장실은 따로 없고 철조망뿐이었다. 몇몇 금발의 서양 여자들은 구석진 다른 곳으로 더 돌아가는 듯했다.

서둘러 볼일을 보는데 철조망을 타고 오른 넝쿨에 소변이 부딪쳐 내 발등 위로 오줌 방울이 튀었다. 나도 쭈그리고 앉았어야 했는데 그만 잊고 말았다. 아직 그런 자세가 아무렇지 않게 나오지도 않았다. 벌써 서류 작성을 마쳤는지 버스 기사가 경적을 울려댔다. 슬슬 떠나려고 움직이는 버스에 서둘러 올라타야 했다. 이게 뭔 꼴인가. 자리에 앉자마자 지독한 지린내가 슬슬 의자 밑에서부터 풍겨 오르기 시작했다. 버스가 몇 미터 더 움직이는 동안 어둠 속에서 젊은 금발의 여자들이 손을 흔들며 달려 나왔다. 나는 그녀들이 뭔가 멋진 향기를 풍기며 버스에 올라타기를 기대했다. 그러나 짙은 향수 냄새는 나지 않았다. 싱싱한 살냄새도 나지 않았다.

"짐에 실은 소주 팩이 터졌나."

함께 앉은 이가 이상한 냄새가 난다고 했다.

"어, 그래요?"

"아까 짐을 막 던져 넣더라고. 내 가방이 제일 아래 깔렸거든."

"아, 네."

다행이라고 생각했다. 나는 그가 자기의 생각을 벗어나지 않는 편이 더 낫겠다고 여겼다. 버스에는 빈자리 하나 없이 사람들로 가득했고 자리조차 비좁았다. 달리 어찌할 수 없는 곳이었다. 이미 지린내에 익숙해져서 그런 것인지 내 발등에서 풍기는 냄새를 다들 아직 눈치채지 못한 모양이었다. 내 몸에서 냄새가 나는 것을 나만 알고 있는 것인지, 이미 누구나 그런 냄새쯤 하나씩은 갖고 있는지는 알 수 없었다.

나는 나의 냄새를 맡고 있었다. 이상한 냄새는 아니었다. 낯설지도 않았다. 오래되어 더는 느끼지 못하던 바로 그 냄새였을 뿐이었다. 그 누구의 것도 아닌 바로 나의 냄새가 느껴지기 시작했다. 아무도 누런 광채를 띤 눈으로 나를 바라보지 않았다. 오직 나만 어둠 속에서 나를 바라보고 있었다. 버스는 이내 주 경계선을 넘어 밤길을 달려갔다. 나도 어떤 경계를 넘어서고 있었다.

두 걸음은

비로소 함께 이 세상으로

강가에 꼭 네가
앉아 있을 것만 같아서

속이 메슥거리면서 가까스로 잠에서 깨어났다. 어지러웠다. 혼몽 때문만은 아니었다. 버스는 비포장도로를 겨우겨우 달렸다. 굵은 돌부리를 치고 갈 때면 심한 충격이 고개를 꺾어놓으며 온몸을 흔들었다. 자리에 제대로 앉아 있지 못할 정도로 심한 굽잇길이 이어졌다. 눈을 뜨고 나자 충격이 더 강하게 느껴졌다.

여기가 어디인지 알 수 없었다. 산악 지대로 들어선 것 같았다. 밤새 버스를 타고 달려왔으니 곧 아침이 밝아오면 도착할 것이다. 산등성이로 다 올라왔는지 버스는 경사를 벗어나 어둠 속을 달리다가 멈췄다. 아무것도 없는 숲속의 어둠 속으로 비틀거리며 두 발을 내려서자 밝은 알전구 불빛이 내 그림자를 뒤로 밀쳐냈다. 러닝셔츠만 입은 사내가 잠이 덜 깬 듯한 얼굴로 가게에서 나왔다. 주변에는 아무것도 없었다. 쉬어가는 곳이라고 하지만 가게 하나가 전부였다.

짜이를 주문했다. 고도가 높은 곳이라 더위는 사라지고 없었다. 왠지 뜨거운 것을 마시고 싶었다. 낯선 이국에서 적응하려면 그곳의 차를 자주 마셔야 한다고 어디선가 들은 듯했다. 딱히 선택할 만한 것도 없었다. 사내가 손잡이 달린 컵으로 몇 번 우유를 떠 넣고 두 손으로 뭔가를 으깨어 넣는 동안 부글 부글 냄비가 끓어올랐다. 그는 유리잔 가득 짜이를 따라주었 다. 너무 뜨거워서 손으로 잡을 만한 곳이 마땅치 않았다. 손바 닥과 손끝으로 겨우 짜이를 받아들고 앉았다. 그 뜨거운 것을 입술 끝으로 조금 받아 넘기자 혼몽인 듯 덜 깬 잠이 물러가 는 듯했다. 내 입에서 강물 냄새가 났다. 마치 멀고 먼 고요한 강가에 앉아 있는 듯했다. 강물에 흰 발목이 잠긴 물풀 냄새가 났다. 두 시간만 더 가면 도착한다는 소리가 들려왔다.

버스에 함께 탄 미국인들이 있었다. 열아홉 살이나 스무 살 쯤으로 보였다. 그중 한 소녀가 건너편에 앉아 있던 친구를 그 리고 있었다. 투명한 플라스틱 케이스를 열자 원색의 갖은 물 감이 둥근 칸마다 가득했다. 마치 포스터용 물감이 팔레트에 세팅된 듯한 모양이었다. 소녀는 붓으로 물감을 찍어 그림을 그리고 있었다. 나는 그 모습을 가만히 건너다보았다. 색감이 나 붓이 지나간 결이 흔히 볼 수 있는 것이 아니었다. 휴대용 수채화 도구를 사용하는 것 같았다. 아직 그런 도구를 본 적이 없어서 부러운 시선으로 바라보고 있었다. 작은 스케치북에 그려지고 있는 남자를 부러워하는 동안 그새 한 얼굴이 완성되었다. 턱수염이 까칠한 모습이었다. 오랜 여행에 지쳐 있으면서도 오히려 눈빛이 더욱 강렬한 그런 얼굴 하나가 순식간에 그려졌다.

높은 산맥을 넘어 산등성이를 따라 이어진 길이 끊어질 듯 끊어질 듯 간신히 이어졌다. 그래도 한결 나았다. 조금만 더 가면 된다는 생각 때문이었는지 견딜 만했다. 버스는 절벽을 따라 아찔한 길을 지나가고 있었다. 멀리 까마득하게 흐르는 잿빛 강물이 내려다보였다. 저렇게 새벽처럼 흐린 강물을 가만히 건너다보던 이가 있었다. 강가에 앉아 있기를 좋아하던 그녀의 얼굴이 떠오른 것은 뜻밖이었다.

멀리 흘러가는 강물과 스케치북 위에서 그려진 얼굴 하나가 나에게 오래된 기억을 떠올리게 했다. 그녀는 한 손으로 턱을 괴고서 어디인지 분명하지 않은 시선으로 다른 곳을 바라보다가 아주 멀고 긴 강가에 앉아서 하루를 보내고 싶다는 말을 가끔 했다. 햇빛이 갓맑은 곳에서 하얀 조약돌이 반쯤 젖어 있는 강가에서 하염없이 앉아 있고 싶다고 했다. 겨울에는 꼭 그런 곳을 찾아 여행을 가고 싶다고.

언젠가부터 그녀를 만나지 못했다. 먼저 전화를 걸지 못했다. 내가 그녀의 전화번호를 눌렀을 때는 이미 늦었다. 인도에 갈 거라고 했다. 나는 왜 그곳이냐고 묻지 않았다. 거기가 대체 어디인지, 이 세상에서 가장 멀고 아득한 강물이 그곳에 흐르고 있는 것인지 나는 알 수가 없었다. 멀고 먼 강가에서 그녀가 다시 돌아오면 내게 어떤 대답을 해줄 것이라고 믿었다. 그렇게 10년이 지나갔다.

어느 날 집으로 한 통의 전화가 걸려온 것은 꼭 10년이 지난 뒤였다. 예전에 알던 사람이라고 하면서 전화가 한 통 왔다고 했다. 몇 주가 지나서야 그 사실을 알았다. 어디서 나를 찾는 전화가 왔었다고. 다시 전화하겠다고. 나는 그때 집에 없었다. 누구냐고 넌지시 묻기에 나도 예전에 알던 사람이라고만 대답했다. 그리고 다시 나를 찾는 전화는 걸려오지 않았다.

나를 찾기 위해서 그녀는 꽤 애를 먹었을지도 모른다. 예전의 전화번호는 다른 번호로 바뀌었으니 몇 번 더 수소문을 해서야 나를 찾을 수 있었을 것이다. 어쩌면 그녀는 나를 찾기 위해 여러 번 망설였을지도 모른다. 그런데 왜 그녀는 다시 전화를 걸지 않았을까. 왜 자신의 연락처를 남기지도 않았을까. 그녀가 망설인 이유를 알 것 같았다. 자신의 연락처를 남겨놓으면 더 큰 상처를 받게 될지도 모른다고 생각했을 것이다. 내가 연락하지 않을 것이라고 그녀는 믿었는지 모른다. 그러는 사이에 그녀는 그만 나를 찾지 않는 쪽을 선택했을 것이다. 그녀의 짐작이 맞았을 것이다.

한동안 나는 가방 뒤쪽 주머니에 편지를 넣고 다녔다. 오래전에 받은 것들이었다. 어디 숨겨놓을 곳이 없어서 가방에 넣고 다녔다. 가끔 꺼내 볼 수도 있을 텐데 나는 애써 외면했다. 내 방에 서랍을 두지 않고 살았다. 남은 것을 어디에 두어야 할지 몰라서 가방 안에 넣고 다녔다. 몇 년 동안 어깨에 메고 다녔지만 그 안에 무엇이 들어 있는지 열어보지 않았다. 어느 날은 무엇인가를 찾다가 편지가 들어 있는 것을 확인하고 황급히 지퍼를 닫곤 했다. 가방이 낡아서 더는 어깨에 메고 다닐 수가 없게 되었을 때 그제야 오래된 것들을 꺼내 보았다. 몇 년 전에 넣어둔 볼펜에서 잉크가 흘러나와 가방 안이 더러워져 있었다. 누군지 기억나지 않는 명함들이 누렇게 변색해 있었다. 오래된 편지지와 엽서에서 아직도 묵은 햇볕 냄새가 났다. 다시 넣어둘 곳이 없다는 것을 나는 알았다. 그래서 다 버리기로 했다.

살다 보니 나를 넣어둘 곳을 마련하지 못했다. 일부러 그랬는지도 모른다. 잘 넣어두어도 나에게서는 모두 사라지고 말았다. 버리는 쪽이 잃어버리는 것보다 낫다고 생각했다. 잃고 나면 도저히 그것으로부터 헤어 나올 수가 없다는 것을 나는 너무나 잘 알고 있었다. 차마 버릴 수가 없다면 놓아주는 쪽이 나을 것이라 여겼다. 구름이 올라와 잠시 앉았다 가는 언덕에서 오랜 기억들을 놓아주고 싶었다. 잘 마른 햇볕이 내려앉은 언덕에 오래도록 걸터앉아 있고 싶었다. 구름이라면 다 가져가도 괜찮을 것이라 생각했다. 높은 산등성이를 따라 오르다가 그만 골짜기에 지난 기억들을 떨어뜨려주기를. 돌과 바람과 햇빛과 함께 골짜기의 차가운 물살에 실려 어딘가로 흘러가버리기를.

높은 산등성이 위로 서서히 가파른 아침 햇빛이 올라오기 시작했다. 내가 지금 어디로 가고 있는지 알 수 있었다. 왜 내가 이 머나먼 곳으로 왔는지 그 이유를 헤아릴 수 있었다. 나는 멀고 먼 강물을 내려다보고 싶었다. 아주 멀고 긴 강가에 앉아서 하루를 보내기 위해 어디인지 분명하지 않은 시선으로 늘 다른 곳을 바라보던 그녀를 이해하기 위해 나도 인도에 가고 싶었다.

멀리 고요하게 흐르는 강물이 보였지만 이내 사라졌다. 버스는 더 깊은 숲으로 들어가고 있었다. 이 세상에서 가장 낮은 강물로부터 점점 더 거슬러 올라 높은 구름 속으로 들어가고 있었다. 나는 그녀가 하루 종일 흐린 강가에 앉아 있다가 강물이 흘러가는 방향을 따라서 가지는 않았을 것이라고 생각했다. 한 걸음 한 걸음 강을 거슬러서 구름의 고장으로 갔을지도 모른다. 그리고 나는 그녀가 그곳에서 죽었으리라 믿고 있었다. 나를 찾는 한 통의 전화가 걸려오기 전까지는 그랬다.

긴 머리를 자르고 나니
한 소년이 앉아 있었다

　호텔에 짐을 내려놓자마자 밖으로 나왔다. 보슬비가 내렸고 나는 우산이 없었다. 길은 흙바닥이었으며 군데군데 물웅덩이가 고여 있었다. 가는 비라도 그대로 아무렇지 않게 맞을 수는 없었다. 그러니 지그재그로 달리듯 흙탕물을 살짝 건너뛰기도 하면서 갈 수밖에 없었다. 근처에 있는 한 건물 구석에 이발소가 문을 열고 있었다. 셔터를 내리고 있으면 영락없이 허름한 창고나 다름없었지만 노천에 천막도 못 치고 거울과 의자 하나 달랑 내놓은 이발소보다는 나았다. 머리를 자르기로 했다. 이곳에서는 더위 때문에 긴 머리를 하고 돌아다닐 수가 없었다. 시종 땀이 흘러내려서 머리카락이 축축하게 젖어들고 불편했다. 거추장스럽게 얼굴에 들러붙는 젖은 머리를 깎기로 했다.

　때마침 비까지 쏟아지니 구경날 일 없어 좋은 날이었다. 바닥에 고인 진창 몇 번 건너뛰어서 냅다 이발소로 들어갔다. 인도 전역을 두루 다니느라 초췌해진 여행자처럼 나는 가능한 한 여유로운 표정을 지으려 했다. 오랫동안 여행을 다니다가 머리카락이 길게 자란 사내처럼 한껏 표정을 지어 보이려 했다. 비를 피해 달려들듯이 들어간 이발소에는 한 아저씨가 먼저 와서 면도를 받고 있었다. 내가 이발사에게 머리를 잘라달라고 하자 그는 의자 하나를 가리켰다. 비에 젖은 어깨를 털면서 나는 자리에 앉았다.

거울을 보며 머리카락에 묻은 빗방울을 털어내면서 그나마 조금이라도 단정하게 머리를 다듬어보았다. 소용없었다. 땀과 빗물에 젖은 머리카락은 이리저리 헝클어져 있었다. 옆에서 면도를 받던 아저씨가 나를 힐끗 쳐다보았다. 내가 생각해도 좀 이상한 일이었다. 이런 산꼭대기 외진 곳까지 와서 머리를 자르겠다고 앉아 있는 외국인은 흔히 볼 수 없을 것이다. 면도를 마친 아저씨가 가고 나자 이발사가 다가왔다. 물론 나는 그의 힌디어를 알아들을 수 없었다. 표정을 보니 어떻게 머리를 깎으면 좋겠냐는 듯했다. 나는 귓가에 손가락을 대고 머리 길이를 알려주었다.

"짧게."

이발사의 손길이 몇 번 지나가자 바닥에 머리카락 뭉치가 떨어져 내렸다. 그는 몇 번의 가위질로 단숨에 내 긴 머리카락을 짧게 깎아주었다. 세련된 손길은 아니었지만 거침없고 가벼웠다. 긴 머리카락이 젖은 얼굴에 들러붙을 때마다 불쾌했었는데 머리를 자르고 나자 한결 가벼워진 느낌이었다. 거울을 다시 들여다보니 전혀 다른 사내가 앉아 있었다. 말끔했다. 어려 보이기까지 했다. 어릴 적 이발소 목판에 올라앉아 있던 내가 보였다. 얌전하게 한 소년이 앉아 있었다. 외진 골목 한편에 있던 단골 이발소에 온 것만 같았다.

셈을 치르고 여전히 비가 내리는 밖으로 나와서 다시 뛰었다. 머리를 자르러 이발소에 찾아가는 길에는 긴 머리카락 때문이었는지 뭔가 펄럭거리는 무거운 느낌이었는데 이제는 가볍고 경쾌한 발걸음 소리가 났다. 물웅덩이를 폴짝 건너뛰면서 나는 즐거웠다. 이제 가벼운 걸음으로 구름의 도시를 여기저기 돌아다닐 수 있게 되었다.

"머리 잘랐네요? 여기서?"

"네."

"아니 서울에서 얼마나 잘하는데 그 좋은 데서 안 자르고?"

"아, 네."

"어디 좀 봐요. 이를 어째. 귀가 왜 그래요? 일자로 깎았네. 하하하핫."

이후로 집으로 돌아오는 그날까지 내내 안개와 구름과 땀에 젖은 귀밑머리를 뒤로 쓸어 넘기는 버릇이 생겼다. 이발사는 내가 손가락으로 길이를 재며 귀를 살짝 덮을 정도로 깎아달라는 것을 잘못 알아들었던 모양이었다. 딱 내 손가락이 가리킨 그대로 머리를 잘랐다. 앞머리에 손가락을 올리지 않은 게 다행이었다. 하마터면 어린 시절의 바가지 머리를 하고 돌아다닐 뻔했다. 그래도 나는 즐거웠다. 한결 가벼워진 머리가 시원했다.

두고 온 신발

맥그로드 간즈의 골목을 돌아보다가 길에서 구두닦이 소년을 만났다. 어깨에 나무통 하나 메고서 내게 신발을 고쳐주겠다고 했다. 소년은 내가 슬리퍼를 신고 있다는 것을 알지 못했다. 무조건 보는 사람마다 다가가서 신발을 고치겠냐고 할 뿐이었다. 아무리 길이 험해도 신발을 고칠 사람이 몇 명이나 될까. 소년의 하루 벌이가 신통치 않은 것은 분명해 보였다. 그러나 나는 이 소년이 필요했다. 소년에게 나중에 호텔로 찾아오라고 했다.

나는 인도 북부 히말라야산맥의 끝자락까지 슬리퍼를 끌고 왔다. 하루 반나절쯤은 어김없이 비가 내리는 곳에서 질척거리는 진흙 길을 슬리퍼 하나 신고 다닐 수는 없었다. 그런데 숙소에서 대충 짐을 정리하고 가방 안에서 비닐봉지에 싸놓은 샌들을 꺼내 들자 막상 이 소년이 언제 찾아올지 알 수가 없었다. 호텔에 들어앉아서 기다릴 수만은 없는 노릇이었다. 그렇다고 샌들을 들고 종일 돌아다니다가 우연히 마주치기를 바랄 수도 없었다. 비닐봉지 하나 들고 돌아다니다 우연히 마주치면 그때 고칠 수도 있겠지만 그런 수고를 하는 것도 만만치 않은 일이었다.

일단 밖으로 나가 보기로 했다. 힌두 사원 앞 좁은 길에 상점들이 많았다. 혹시나 그쪽에 가면 뭐라도 있겠지 싶어 낮은 언덕을 올라갔다. 살림살이를 다 내놓아봐야 때 절은 나무 상자 하나뿐이라는 듯 헌신 깁는 사내가 마침 언덕 위에 앉아 있었다. 반가웠다. 때 묻은 내 부끄러운 발을 감출 수 있겠구나 하고 서둘러 언덕을 올라갔다.

사내는 나무 상자 앞에 여분의 슬리퍼 한 짝을 내놓고 있었다. 신발을 고치는 동안 손님이 신고 있으라고 내다 놓은 신발이었다. 그는 내가 들고 있는 샌들을 살펴보더니 충분히 고칠 수 있다고 했다. 그는 샌들을 받아들고 조금 더 꼼꼼하게 여기저기를 살펴보았다. 끈 하나 떨어진 정도로만 생각했는데 사내의 손이 샌들의 구석구석을 지나가는 동안 몇 군데 더 보수해야 할 곳이 드러났다. 조금만 신고 다녀도 금방 떨어질 정도로 간당간당하게 붙어 있는 곳들이 보였다. 떨어진 끈 하나 고치려 했는데 이곳저곳 손볼 곳이 한두 군데가 아니었다.

사내가 손으로 한 땀씩 꿰매고 있는 낡은 신발을 바라보았다. 끈 떨어진 신발을 여기까지 신고 왔다. 비좁은 신발장 구석에서 몇 계절 냄새마저 다 빠진 샌들 한 짝을 싸들고 이 먼 히

말라야 끝자락까지 끌고 왔다. 이제는 버려도 될 만한 신발을 굳이 여기까지 와서 고치고야 마는 나도 참 궁벽하지만 뭐라도 하나 고쳤다는 게 어딘가. 사내의 바느질로 샌들은 튼튼하게 고쳐졌다. 사내는 바닥에 오래 눌어붙어 있던 흙도 털어내고 몇 군데 솔질을 더 하고서 내 앞에 샌들 한 짝을 내려놓았다. 새 신발을 하나 산 듯했다. 신고 갔던 슬리퍼는 이제 필요 없다고 하자 언덕 위의 사내는 흔쾌히 거두어 갔다.

다음 날 느지막이 박수나트 폭포로 올라가다가 그의 구두 통 앞에 내 슬리퍼가 한 짝 가지런히 놓여 있는 게 보였다. 그 옆에서 맨발인 채 자고 있던 아이에게는 너무 크고 헐렁하겠지만 또 굳이 신고 다녀야 할 필요도 못 느끼겠지만 그래도 누군가 저 슬리퍼를 신고서 앉아 있을 것만 같았다. 오랜 여행 끝에 이 높은 곳까지 올라와서 다 떨어진 신발을 고치며 누군가 앉아 있을 것만 같았다.

검은 진흙으로 질척한 언덕 아래를 그렇게 누군가 내려다보고 있을 것이다. 그러고 있으니 이상하게도 버리고 온 게 아니라 잠시 두고 온 것만 같았다. 어디선가 지친 몸으로 쭈그리고 앉아서 길 가다 말고 다시 신고 있어야 할 그 슬리퍼는 여기가 끝이 아니라고 말하고 있었다. 한 번 왔다가 그만인 곳이 아니라 언젠가 또 지나가야 할 곳이라고 내게 말하고 있었다. 언제쯤인가 나는 다시 저 멀리 안개구름이 느짓느짓 올라오는 길을 내려다보며 이곳에 앉아 있을지 모른다. 한 덩이 진흙 구름이 되어 떠돌다가 이 높은 언덕에 오랜 시름을 내려놓고 앉아 있을지 모른다.

드디어 여신이 왔다

　밤새 비가 내렸고 나는 어딘가로 떠내려가고 있었다. 그러다가 새벽 구름에 실려 다시 이 높은 산자락까지 실려왔다. 아침 녘에 그쳤다 다시 내리는 빗방울에서 그래도 살아야 할 남은 날들처럼 먼 강물 냄새가 났다. 아침이면 낮은 햇살이 잠시 창가에 턱을 괴고 앉아 내가 잠든 방 안을 들여다보곤 했다. 햇볕이 맑았다. 속옷 몇 벌 씻어서 창문 밖에 내다 놓고 길을 나섰다. 머리도 자르고 신발도 고쳤으니 이 구름의 고장을 둘러볼 일만 남았다.

　네충사원으로 가는 길이었다. 오픈 스카이 카페를 지나 내려가는 길에 몇 갈래 길을 감춘 구름의 숲이 있었다. 그 위쪽 산자락에는 염소 몇 마리가 구름을 뜯어 먹다 주인에게 들켜 매를 맞았다. 메에에에 울면서 달음박질을 치고 있었다. 원색으로 핀 꽃들이 걸음을 멈추게 했을까. 더 아래 돌계단으로 난 지름길로 가는 참이었다. 덜컥 아랫배가 심상치 않았다. 밤새 비가 내리고 어디선가 끊임없이 똥물이 넘쳐 흘러왔는데 그 강물이 뒤미처 내 몸에 범람한 모양이었다. 드디어 사라스와티 여신이 내게 왔다.

　"먼저 가세요."

"괜찮아요? 천천히 갈 테니 곧 따라와요."

　일행들을 먼저 내려보내고 황급히 길옆 숲 속으로 뛰어 들어갔다. 다급하게 주저앉자 뭔가 내 아래 뜨거운 것이 줄줄 흘러내리고 있었다. 그때 구름의 숲길로 누군가 지나갔다. 숲으로 깊이 들어가지 못하고 주저앉았지만 다행히도 나는 나뭇잎과 꽃에 가려 보이지 않았다. 허리띠를 끄르고 바지를 내리는 속도와 여신이 흘러내리는 속도가 딱 맞아떨어지지 않았다면 난감한 일이 되었을 것이다. 아마도 나는 원숭이들만 아는 그런 길을 따라가서 다시는 돌아오지 않았을지도 모른다. 그렇게 한참을 앉아 있는데 참으로 오랜만에 편안함을 느꼈다. 겨우 내 문명이 끌고 온 부끄러움을 숲에 들어서야 내려놓을 수 있었다. 숲이 아니었다면 어찌 내가 인격을 갖출 수 있겠는가. 꽃과 구름의 정원이 아니었다면 어찌 그럴 수 있겠는가. 다행히도 작은 가방에 물티슈가 있었다. 언제 여신이 찾아올지 몰라서 준비해둔 것이었다.

"괜찮아요?"

　나는 가벼워진 몸으로 구름의 숲길을 내려갔다. 숲을 내려가자 바로 작은 마을이 나왔다. 어릴 적 학교에서 돌아오던 골목처럼 담벼락이 낮은 길이었다.

"어제 물김치 때문인가 봐요."

식당에서 모처럼 한식을 먹게 되었는데 물김치가 나왔다. 반가운 마음에 조금 맛을 보았던 것이 탈이 난 모양이었다. 인도에서는 물을 조심해야 한다. 석회질이 섞여 있어서 수돗물을 그대로 먹을 수도 없고 생수가 아니면 가급적 피하는 게 좋다. 며칠 동안 인도 음식의 향연에 빠져서 즐거웠는데 어쩌면 델리에서부터 여신이 이 먼 곳까지 따라왔을 것이다. 그래도 그 물김치는 의심스러웠다. 겉으로는 영락없이 물김치지만 맛은 맹물이나 마찬가지였다. 양배추를 썰어서 대충 담아 내온 것 같았다. 그러고 보니 다들 슬슬 아랫배에 여신이 다녀간 듯했다.

"나도 왔어."

인도 여행을 여러 번 한 이들은 여신이 온 것을 태연하게 숨기는 눈치였다. 화장실에 가 보면 다 알 수 있었다. 어제 누구에게 여신이 왔는지를. 그래도 여러 번 인도를 다녀본 이들은 그런 일을 드러내지 않으려고 했다. 자존심을 지키는 일은 생각보다 그리 쉽지 않은 모양이었다. 아무리 오랫동안 인도 여행을 했다고 해도 오랜만에 다시 인도에 왔으니 그들도 별반 다르지 않을 것이다. 여신은 누구에게나 공평했다.

여신을 피해 갈 방법은 딱히 없다. 그러니 여신을 두려워할 이유는 없다. 그렇게 한번 여신이 찾아오고 나자 그 뒤로도 나는 홀로 쭈그려 앉은 뒷모습으로 며칠 밤을 줄줄줄 계속 흘러만 가고 있었다. 맛있는 음식도 그때부터는 조심스러워졌다. 스스로 눈을 뜬 뱀의 아가리가 피리 소리에 홀리지 않고도 불룩한 자루 속을 느긋이 빠져나오고 있었다. 구름 정원에 냄새 고약한 양치식물들이 퍼지고 있었다. 어느 순간에는 고요해졌다 싶었는데 무엇인가 마구 또 넘쳐흐르고 싶었던 것이 있었던가. 나는 풀밭 속에서 다시 몸을 틀고 앉아 검은 혀를 빼어 물고 여신이 지나가기만을 기다려야 했다. 내 몸에서 뭔가 아주 멀고 먼 강물이 흘러내려가고 있는 듯한 느낌이 들었다.

코라를 돌며

　카일라스 산은 불교, 힌두교, 자이나교, 뵌교의 성지다. 신자
들은 그 우주의 중심을 돌고 나면 한 생의 죄업을 씻어낼 수 있
다고 믿는다. 그만큼 험한 길이다. 진언을 염송念誦하며 사원 등
을 도는 것, 또는 그 길을 코라Kora라고 한다. 티베트의 포탈라
궁을 중심으로 코라를 돌기도 한다. 이곳 망명지에서도 달라이
라마가 거처하는 출라캉 주위를 도는 길을 코라라고 부른다.
느지막이 아침을 먹고서 코라를 돌기 위해 아직 젖지 않은 걸
음으로 나섰다. 가끔가다 달라이 라마가 지나가신다는데 며칠
동안 안개와 구름만 가파른 골목을 오르고 있을 뿐이었다.

　베이지색 제복을 말끔히 차려입은 인도 경찰이 제자리에 꼼
짝 않고 서 있었다. 어제도 똑 그 자리였다. 무슨 일인가 싶었는
데 출라캉 입구를 지키느라 늘 그 자리에 서 있는 것 같았다.
코라의 입구였다. 간혹 잘못 들어선 차량들을 손짓 하나로 돌
려보내고 있었다. 달라이 라마가 수시로 중국의 암살 위협을
받고 있는데도 비무장 경찰 한 사람만 길을 지키고 있었다. 그
렇다고 그런 모습이 이상하게 보이지는 않았다. 안개인 듯 구름
인 듯 좁은 길까지 올라온 어떤 고요 때문이었을 것이다.

　이곳에 도착하고 다음 날부터 나는 말을 잊었다. 첫날부터

나는 흥분된 감정을 애써 누르고 있었다. 그러다 나도 모르게 내 안에 가득한 그 무엇을 말하지 않고는 도저히 견딜 수가 없었다. 누군가는 저녁나절부터 혼자서 쉬지도 않고 말을 하고 있었다. 혼자서 하는 말이라면 이미 말이 되기 전에 자기 안에 고여 있으면 된다. 그러나 말이 되어 나온 혼잣말은 어디에도 고이지 않는다. 흘러가버린다. 밤바람에 스며들 뿐이다. 그도 흥분하고 있었던 게 분명했다. 그래도 너무 지나친 게 아닌가 싶었다. 내 성미도 그 순간에는 가드라졌던가. 결국 그이의 끊임없이 흘러나오는 혼잣말을 그치게 한 것은 어느 밤바람이었으리라. 말이 되어 나와서는 안 되는 어떤 말이었으리라.

그제야 나도 뭔가 말을 하고 싶었다. 그리고 어줍은 채 가득한 말을 쏟아내려고 했다. 그러나 어떤 말도 나오지 않았다. 그 어떤 말도 내 안에 있지 않았다. 아무것도 없었다. 나는 그 순간 몹시 당황했다. 되지도 않는 허튼소리나마 있었을 텐데 아무것도 내 안에 차오르지 않았다. 그러자 역시 나에게도 깊고 어둔 밤이 다가왔다. 그것은 꽤 느닷없는 일이었다. 모두들 자기도 모르게 가들거리고 있었다. 모두가 들뜬 어둠을 불러내고야 말았다. 모든 게 엉켰다가 풀리고 또 다른 곳으로 꼬이고 있었다. 말문이 탁 막혀버렸다. 목젖마저 말라붙은 것 같았다.

그렇게 말을 잊고 있었다. 누군가에게 상처를 준 자신이 부끄러웠고 똑같은 방식으로 누군가에게서 상처를 받은 것 역시 부끄러웠다. 무엇보다 내 안에 그 어떤 말도 남아 있지 않았다는 사실은 꽤 충격으로 다가왔다. 뭐라도 말문이 열리도록 기다려야 했다. 닫혀버린 몸이 깨어나 이 낯선 세계를 마주하고 그 안에 온전히 들어갈 수 있기만을 기다려야 했다.

코라는 고요했다. 쓰다 남은 벽돌 몇 장 쌓아놓은 길 옆에 늙은 나귀 한 분이 구부정히 서 있었다. 비끄러맨 줄 하나 없이 어제도 그제도 마냥 그 자리였다. 계곡을 따라 오른 구름이 산등성이로 넘어가는 시간이었을 것이다. 그제야 제 그림자를 이고 가는 구름을 건너다보려는지 늙은 나귀는 감았던 눈을 잠시 뜨고 있었다. 아직 제 고개가 무거운 것을 확인하고는 느린 시간 속으로 나귀는 다시 돌아갔다.

그래도 코라를 몇 바퀴나 돌았는지 그런 것으로 자기를 셈하려는 자를 굳이 이 길은 막아서지 않았다. 무엇을 바라고서 나는 이 길에 들어섰을까. 그런 희망조차 없었다. 마저 다 실어 뜨지 못한 붉은 벽돌처럼 발밑의 진흙 구름이 무거웠다. 곧

비가 내릴 것 같았다.

고요한 숲길이었다. 누군가는 인도에서 가장 아름다운 길이라고 했다. 입구에는 '타시 데렉'이라고 쓰여 있었다. 인사말이었다. 가끔 지나가는 이들에게 그 인사말을 건네곤 했다. 그들도 역시 같은 말로 나를 맞아주었다. 말이란 이렇게 서로 주고받는 것이다. 그것이 말이다. 나의 말이 어딘가로 건너가면 나역시 어떤 다른 말을 다시 받아야 한다. 기다려야 한다. 코라 입구에 적힌 타시 데렉은 내게 처음부터 다시 말을 가르치고 있었다. 타시 데렉 하고 내가 말을 건네면 타시 데렉 하고 반대편에서 내게 다시 말이 건너왔다.

"이 글자가 뭔지 알아요?"

"옴마니반메훔."

코라에는 돌에 새긴 진언이 가득했다. 바람이 경전을 읽고 온갖 곳에 그 기원을 실어 보내고 있었다. 저 아래로 다람살라가 보였다. 더 아래로 캉그라 마을이 보였다. 그곳에서 바라본다면 나는 구름 속에 가려 보이지 않을 것이다. 바람과 숲과 고요와 어떤 기원 속에 내가 있었다. 파랗게 떨리는 진언 속에 내가 있었다. 옴마니반메훔. 숨을 깊이 들이쉬고 한 번 길게 내

쉬는 그 우주의 중심이었다. 어떤 영원에 이를 수 있는 것은 바로 그 침묵 때문이었다. 침묵은 처음으로 다시 돌아가고 있었다. 그래서 옴마니반메훔은 다시 시작하고 끊임없이 반복되는 것이었다. 영원에 이르는 것이었다. 무엇인가 내 안에 가득 차오르는 것들이 말이 되려고 하고 있었다. 그 길을 걷고 있었다.

밀주를 찾아서

　계곡 건너편에 치나르 소울 하우스Chinar Soul House가 보였다. 300년 된 커다란 단풍나무 아래 지은 게스트하우스였다. '치나르'는 힌디어로 단풍나무다. 구름이 힘겹게 창문에 매달려 있었다. 나무 그늘 아래 밝은 한 줄기 햇빛이 내려앉아 있었다. 저곳은 단풍나무의 영혼이 쉬고 있는 곳일까. 그곳을 건너다보며 나는 오래 앉아 있었다. 계곡에 흐르는 물소리는 멈출 줄을 몰랐지만 그 소리가 점점 멀리 사라질 때까지 나는 그곳에 앉아 있었다. 산 아래에서부터 안개구름이 올라오는 동안 사방은 너무나도 고요했다. 아무 소리도 들리지 않았다. 내 발을 스쳐간 물결이 멀리 사라지는 소리도 바람 소리도 누군가 멀찍이 지나가는 소리마저도 아무것도 들려오지 않았다.

　그 고요만이 나를 오랜 구름의 계곡으로 데려갈 수 있기 때문이었을까. 계곡물이 떠내려가는 소리는 맑았다. 어느 미국 시인은 물이 차오를 때보다 물이 빠질 때 더 거친 소리가 난다고 했지만 내 몸은 다르게 기억하고 있었다. 나에게는 계곡에 물이 흐르는 소리가 참으로 고요하게 들려왔다. 대신 무엇인가 내 안에 차오르는 물소리는 점점 간절하고 격렬했다.

　잘못 마시면 눈이 멀지도 모른다 했던가. 금주령이 내린 어디 구자라트 주에서는 100여 명이 밀주를 마신 후 하룻밤에 모두 짓끓던 목숨을 잃었다고 한다. 나는 물론 사람을 속이는 그런 술을 찾아온 것은 아니었다. 늙은이들이 모여 앉아 마시는 허연 밀주를 투박한 대접으로다 한 잔 받아들고 싶었다. 모두 즐겁게 몇 잔을 더 돌리는 동안 아무래도 나는 그 한 잔 술에 눈이 멀 것만 같았다.

발음이 서로 다른지 모모Momo 만두를 팔던 아낙네도 지나가는 시장 사람들도 다들 고개만 갸웃거렸다. 남걀사원 앞의 좁은 시장 골목을 오가면서 수소문해도 좀체 찾을 수가 없었다. 그런 술은 벌써 사라졌다는 이도 있었다. 기억하는 사람도 별로 없을 거라고 헛수고라고 다들 그냥 지나쳐 갔다. 우연히 어느 골목을 지나치다 들으니 가끔 그런 술을 만들어 먹는 집이 있기는 있다고 했다. 동네 청년들이 모여 있기에 넌지시 물어보니 낄낄낄 농담만 던지며 웃었다.

"노인네들 몇이 모여서 마시기는 합니다."

"어디로 찾아가면 되나요?"

"저쪽 아랫마을이에요. 골목을 따라 내려가서 둘러보다가 노인네들이 모여 있으면 한번 물어보세요. 그런 집이 있긴 있을

거예요."

청년들은 계속 낄낄거렸지만 뭔가 오래된 기억이 떠오른 듯이 잠시 웃음을 멈췄다. 저기 어디 골목을 돌아 내려가 보라고 했다. 우르르 모여서 가지는 말고 한 사람씩 꼭 조용히만 가보라고 했다. 파는 게 아니니 가끔 늙은이들 몇이 모여 앉아 고요히 마실 때 그저 옆에서 한 잔씩 얻어 마시라고 했다.

눈이 멀어 오도 가도 못하고 그만 앉은자리에서 미쳐버릴지도 모를 그런 밀주를 나 역시 한 잔 들이켜고 싶었다. 몇 대를 이어 집안 구석구석 군내 나는 그런 기억들을, 세찬 바람만이 넘어가던 저 돌들의 언덕을, 나는 두 눈을 바치고서야 볼 수 있을지 모른다. 그 술 한 잔에 나는 백발의 노인이 되어 있을지 모른다.

마시면 눈이 멀고야 마는 술, 그런 술은 또 얼마나 맑을까. 한 잔의 술을 마시면 온몸을 돌아온 술기운이 마지막으로 두 눈에서 석회 가루가 가라앉듯 맑아질 것이다. 그렇게 급기야 나는 두 눈을 잃고야 말 것이다. 그리고 무엇을 또 어둠처럼 나는 보게 될 것인가.

짐을 싣고 골짜기를 건너가는 나귀 등에 잠시 내려앉았다가 다시 느릿느릿 산맥을 기어오르는 구름이 되고 싶었다. 돌과 얼음뿐인 언덕을 찢어진 맨발로 넘어가는 바람이고 싶었다. 하루 종일 내가 지은 말들을 암송하고 싶었다. 다시는 세상으로 돌아가고 싶지 않았다. 내 이름을 지워버리고 싶었다. 은둔자가 될 수는 없어도 나는 이곳에서 구름 아래 망명지에 살고 싶었다. 제대로 된 밀주라면 정말 사람을 알아볼 것이다. 그런 밀주라야 어디 한번 목숨 걸고 마셔보지 않겠는가.

있으나 마나 한 푼돈은
마음마저 있으나 마나 한 것으로 만들 뿐

시장을 돌아 나와 내리막길을 걸었다. 문을 열다 말았는지 주인이 보이지 않는 상점에 '한국 밥집 카페 리'라고 쓴 종이가 간판 대신 붙어 있었다. 옆 가게에 물어보니 지금은 옮겨 가고 비었단다. 허름한데도 자꾸만 익숙한 것에 눈이 가는 것을 보니 어느덧 먼 곳까지 온 모양이었다. 멀리 더 멀리 다른 곳으로 건너오고 나니 자꾸만 뒤돌아보게 되는 것일까. 이곳에서도 이곳은 멀기만 했다.

그때 시장에서부터 갓난아기를 품에 안고 박시시(구걸)를 하는 여자가 신경 쓰였는지 한 사람이 지폐를 꺼내 쥐어주려고 했다. 그런데 그녀는 선뜻 돈을 받지 않고 안타까운 표정으로 갓난아기를 힐끗 쳐다보며 뭐라고 사연을 늘어놓기 시작했다. 그러고는 돈을 주려던 사내의 손을 잡고 따라오라고 했다. 그녀가 손을 내밀자 앙상한 검은 팔이 고스란히 드러났다. 그녀의 팔은 이게 정말 현실일까 싶을 정도로 가늘었다. 어떻게 저 뼈만 남은 팔로 갓난아기를 안고 있었을까. 여느 여자들과 다르지 않게 이마에 빈디를 찍고 사리를 걸쳤으니 행색이 남루한 것 외에는 그리 가년스러운 모습은 아니었지만 먼지 묻은 맨발과 볕살에 고스란히 드러난 팔뚝은 제대로 쳐다보기도 어려울

만큼 앙상했다.

거리에서 마주치는 걸인들은 대부분 여자들이었다. 워낙 가혹한 삶을 살았기 때문에 겉모습으로는 나이를 가늠할 수 없었지만 아이를 안고 있는 것을 봐서 이제 겨우 성년이 되지 않았을까 싶었다. 이들은 모두 갓난아기를 포대에 싸서 한쪽 팔로 안고 있었다. 이들을 거리로 내보내는 누군가가 있다면 그들이 만들어낸 모습이 분명했다. 저렇게 하루 종일 뙤약볕에 갓난아기를 안고 다니다가는 분명 아이에게 무슨 탈이라도 나기 쉬울 것이다. 그래서인지 더욱 친자식처럼 보이지 않았다.

그렇지만 이들에게는 그보다 더 간절한 것이 있었다. 하루를 연명하기 위한 돈이 필요했다. 그래서 친자식이 아닐 것이라고 생각한 게 부끄러워졌다. 그런 것은 그다지 중요하지 않았다. 내가 낸 돈이 어느 어둠의 집단으로 흘러들어 갈 뿐이라는 생각을 잊기로 했다. 이렇게라도 하지 않으면 이들은 살아갈 방법이 없다. 거지도 이야기를 팔아먹고 산다고 했던가. 그러나 걸인에게서 걸인으로 태어난 이들이 팔아야 할 것은 햇볕에 잔인할 정도로 앙상하게 드러난 팔과 애원하는 눈빛과 굶주리고 있는 갓난아기를 허공에 잠시 들어 보여주는 것뿐이었다.

여행자들에게는 유독 사기꾼과 걸인만 보이게 된다. 그래서 인도가 온통 사기꾼과 걸인으로 가득한 것처럼 여겨진다. 여행자들이 가는 곳에 이들이 따라다니기 때문이다. 여행자들이야말로 가장 손쉬운 고객이다. 그러니 여행자라면 사기꾼과 걸인을 피해 갈 수가 없다. 기차표를 사기 위해 몇 걸음 걷는 동안 그 걸음걸이의 수만큼 사기꾼을 만나는 것은 당연하다. 거리에는 온통 걸인들뿐이다. 거리에 나설 때면 이들의 눈빛을 애써 외면하느라 정작 어느 곳도 제대로 쳐다보지 못하게 된다.

그런데 적선 한번 하고 말끔하게 돌아서려던 이가 당혹스러워졌다. 길을 가던 방향이었으니 계속 길을 따라 내려가지 않을 수도 없고 입가에 침버캐가 허옇게 눌어붙은 여자가 대체 무엇을 하려는지 알 수도 없어서 그저 따라만 가고 있었다. 여자는 제 그늘 한 덩이를 순식간에 끌고서 한 상점 안으로 들어가더니 구석진 자리에서 익숙한 듯이 분유통 하나를 들고 나왔다. 아기가 오래 굶주려서 분유를 사달라는 것이었다. 주인에게 값을 물어보니 좀 전에 적선하려던 푼돈에 비해 꽤 값이 나갔다. 푼돈을 몇 번 받느니 차라리 어수룩한 사람 하나 물고 늘어지는 게 낫겠다 싶었던 것일까. 그러나 사내는 손사래를 치며 거절했다. 그럴 생각이 없다고 뒤도 돌아보지 않은 채 내리막길을 마저 내려가려 했다. 그래도 그는 마음이 불편했던지 몇 걸음 내려가다가 말고 다시 길을 올라가서 조금 전에 주려 했던 돈을 쥐여주고 돌아왔다. 적선 한번 하는 것도 결코 쉽지 않았다. 옆에서 한 발짝 떨어져 지켜보는 것도 고역이긴 마찬가지였다. 내게 있으나 마나 한 푼돈은 마음마저도 내게 있으나 마나 한 것으로 만들어버린다. 무엇이라도 내어줄 마음이 있을 때는 상대가 나에게 가장 원하는 것을 줘야 한다.

문제는 이들을 한두 번 마주쳐야 하는 게 아니라는 점이었다. 마음 한번 크게 먹고 지갑을 열기가 쉽지 않았다. 가는 곳마다 수도 없이 많은 걸인과 마주쳐야 하기 때문이었다. 이곳에서는 뭐 하나 쉽게 되는 게 없었다. 그에 비하면 사기를 당하는 쪽이 제일 쉬웠다. 에잇, 어디 사기꾼이나 하나 나타나라. 사기라도 당하고 나면 마음이 편해질지 모른다. 직사하니 욕이라도 한 바가지 쏟아붓고 나면 이내 잊게 될지도 모른다.

이상한 싸움

미간에 찍은 빈디가 유독 붉게 보이는 어린 아낙네가 길가에 자리를 펴고 앉아 도장을 팔고 있었다. 자기가 앉은 그늘만큼 목판 도장을 몇 개 늘어놓고 있었다. 가파른 산자락 아래자리를 펴고 느지막이 나앉은 아낙네와 할머니와 두 아이가 있었다. 나무로 깎은 도장을 하나 사서 새로 내게 될 책에다 이름 옆에 찍으면 좋을 것 같아 둘러보는데 함께 간 일행들도 재밌는지 권하는 대로 팔뚝에다 도장을 찍어댔다. 헤나라고 했다. 도장으로 쉽게 찍을 수 있는 간이식이었다.

검은 목판을 들여다봐도 어떤 무늬가 새겨져 있는지 알 수 없는 것도 있었다. 그러니 무슨 도장인지 확인해보고 살 요량이었다. 나도 문양을 둘러보며 마음에 드는 것을 고르다가 커다란 코브라를 팔뚝에 하나 찍어서 옮겨놓고 그늘에 말리고 있었다.

다들 팔뚝에다 몇 개씩 도장을 꾹꾹 눌러 찍었다. 욕심껏 양쪽 팔뚝 가득 찍어놓은 이도 있었다. 가격을 흥정하는데 흥정할수록 뭔가 점점 꼬여가는 느낌이 들었다. 이럴 수가! 도장값이 그다지 비싸지 않은 것 같아서 두어 개를 골라 들었는데 실은 도장을 찍어주는 값이었다. 나는 부른 값에 도장을 사려는

욕심에 한쪽에 물러나 앉은 할머니에게 서둘러 지폐 한 장을 건네고 거스름돈을 기다리는 참이었다.

손님들이 갑자기 몰려들어 팔뚝에 서너 개씩 도장을 찍고 있으니 이 사태를 어찌해야 할지 놀랐을까. 아낙네는 이미 누군가를 부르기 위해 아이들을 보냈다. 그런 것도 모르고 다들 팔뚝에 갖은 문양을 시커멓게 찍어놓고도 뭐 더 재밌는 게 없을까 하고 이것저것 도장을 고르고 있었다.

그런데 도장이 아니라 도장 찍어주는 값이라니! 하나 정도는 괜찮겠지만 이미 팔뚝 가득 여러 개를 찍은 사람은 당혹스러울 수밖에 없었다. 도장을 사는 데는 말할 것도 없이 몇 배에 이르렀으니 그것을 팔아줄 마음은 가파른 산을 훌쩍 건너가고 괜스레 팔뚝에 찍은 도장 값만 물어줘야 할 판이 되었다. 게다가 아무 데나 막 찍어댔으니 그 팔뚝으로 어디 돌아다니기도 민망한 일이었다. 뭔가 갑자기 된통 속은 듯했는데 도장 찍어주는 값이 얼마라고 아낙네는 말했을 터이지만 그게 어디 도장 사는 값으로 알았지 찍어주는 값이라고 누가 알았겠는가. 그녀는 힌디어로 말했다.

다들 도장 찍은 값을 치를 생각이 없는 눈치였다. 이미 값을

낸 것은 나 혼자뿐이었으니 도장도 못 사고 도장 찍은 값으로만 혼자서 날려버린다면 어딘지 바보 같은 일이 될까 봐 은근히 걱정되었다. 얼른 할머니가 쥐고 있던 지폐를 돌려받았다. 그리고 다시 흥정을 시작했다. 내 손에는 사고 싶은 도장이 두 개 들려 있었다. 아낙네는 다른 이들과 실랑이를 하느라 정신이 없는 듯했다.

"이거면 되겠습니까?"

도장 두 개의 값은 대충 내가 계산했다.

"안 돼요!"

그래도 나는 도장을 포기하고 싶지 않았다. 두 개의 도장 가운데 커다란 코브라 문양 하나를 도로 내려놓고 나뭇잎 도장만 손에 꼭 쥐고 있었다.

"도장 찍은 거랑 해서 이 정도에 합시다."

아낙네는 정신이 하나도 없었다. 나에게 도장 하나 파는 것쯤은 아무것도 아닌 일이었다. 여러 명의 사내가 각자 팔뚝에 도장을 잔뜩 찍어놓았는데 그 값은 내가 쥐고 있는 도장 하나와 맞먹을 수 없을 정도였으니까 말이다. 그사이에 나는 대략 조금 더 쳐주는 정도로 계산해서 지폐를 할머니에게 건넸다.

그 정도면 나도 만족할 수 있는 수준이었다.

그때 두 아이가 영어를 할 줄 아는 이를 데려왔다. 뒤돌아보니 어제 내 끈 떨어진 샌들을 기워준 사내였다. 사내가 이곳저곳 샌들을 둘러보는 동안 고쳐야 할 곳이 내가 아는 것보다 더 늘어나서 잠시 당황하기도 했었는데 그가 바느질로 꼼꼼하게 고치는 것을 보고 오히려 고마웠다. 그는 내 얼굴을 마주하자 어제 그 사람 아니냐고 잘 지냈느냐고 반가운 미소를 건넸다. 이들은 한 가족이었던 것이다. 그리고 어찌 된 상황인지 들여다보더니 일행들에게 설명하기 시작했다. 헤나에 사용하는 잉크가 특수하므로 꽤 비싸다고 자기들도 비싼 값에 사온 것이라고, 그러니 비용을 내라고.

한 달 정도는 지워지지 않는 특수 잉크라 해도 그 값은 생각보다 한참을 벗어나 있었다. 각자 팔뚝에 도장 하나씩만 찍었다면 어떻게 값을 흥정해보았을 텐데 대부분 서너 개씩 마구 찍어놓았으니 도저히 이것은 흥정의 대상이 되지 못했다. 잠시 목소리가 높아지더니 일행들은 가파른 산자락을 타고 좁은 길을 건너 흐르는 얕은 물줄기 앞에 쭈그리고 앉아서 투덜거리며 문양을 지우고 있었다.

"지워버릴 테니까, 그 돈은 못 낸다고."

좁은 길을 건너 흘러내리는 물을 찍어서 문양을 지우고 있었지만 채 마르지 않은 잉크라도 잘 지워지지 않고 그저 팔뚝에 뭉개지고만 있었다. 나는 도장을 하나 갖고 싶었다. 게다가 나는 팔뚝에 도장 하나만을 찍었으니 그래도 어느 정도 흥정을 붙여볼 생각이 있었다. 코브라 문양도 썩 마음에 들었다. 그래서였는지 나는 한발 뒤로 물러나 있었다. 찍은 도장을 지운다고 되는 것도 아니지 않은가. 갑자기 벌어진 일인 데다가 어제 내 샌들을 잘 고쳐준 사내에게 얼굴을 붉히고 싶지도 않았다.

일행들은 씩씩거리며 길가에 고인 물에 벅벅 팔뚝을 씻어 지우고 있었다. 그러나 뭔가 잘못된 것을 되돌리려 해도 이 이상한 싸움에서 얻는 것이 별로 없었다. 한바탕 언성을 높이다가 되돌아섰다. 다들 다짜고짜 젖은 팔뚝을 털어내며 숙소를 향해 돌아서고 있었다. 그나마 조금 제정신이 든 한 사람이 남아서 도장도 하나 샀고 조금 더 보탤 테니 이 정도로 해결하자고 하고서 돌아섰다. 나도 따라서 돌아섰다. 조그만 나뭇잎 도장을 하나 사 들고 팔뚝에 검은 뱀 한 마리 거저 찍었으면서도 마음이 가볍지 않았다.

"그건 여자들이나 하는 거야."

지나가던 청년들이 웃어댔다. 한번 해보는 정도로 끝날 일인데 오히려 마음만 무거워졌다. 먼지 날리는 길거리를 돌아다니면서도 며칠 팔뚝을 씻지도 않고 조심스럽게 다녔는데도 우기에 축축한 공기 때문인지 코브라 문양은 며칠을 채 가지 않았다.

세 걸음은

아 무 것 도 없 는 다 른 그 어 딘 가 로

여행자의 방명록

　다른 그 어느 곳보다 높고 가파르고 한없이 느리게 구름이 올라오는 이곳이 남은 생을 바쳐 살 만한 곳이라고 여겼기 때문은 아니었을까. 찾아오는 한국인이 많으니 이곳에서 한국 식당을 운영하고 있는 것은 그리 이상한 일은 아니었다. 그래도 돈을 벌어보겠다고 이 외진 곳에 눌러앉았을 것 같지는 않다. 무성한 소문에 가려지듯 식당 여주인은 보이지 않았다. 상당한 미인이라고 했다. 스튜어디스를 하다가 어느 놈한테 눈이 멀어서 이곳까지 따라와 눌러앉았다고 했던가. 눈이 멀어 더는 다른 길을 찾아갈 수 없었던 것일까. 돌아갈 곳을 잊었단 말인가. 그놈은 벌써 딴 여자와 눈이 맞아 도망가고 말았다는데 왜 이곳에 그대로 그녀만 홀로 남아 있는지는 아무도 알 수 없었다. 그저 몇 사람 건너서 떠도는 이야기만 남았다.

　주문을 마치고 나니 다들 제각각이었다. 음식이 다 나오려면 꽤 오래 걸릴 것 같았다. 그래도 식사 때가 되어 한자리에 모였으니 이런저런 말들이 공허한 시간을 대신했다. 테이블 한편에 여행자들이 남긴 방명록이 놓여 있어서 서로 둘러보며 한마디씩 하고 있었다. 그때 누가 먼저 시작했는지 몇 사람이 소감을 적고 그 아래에 서명을 남겼다.

내 차례가 되었다. 훑어보니 다들 한 문장씩 기록을 남겼다. 나 역시 뭔가 그럴듯한 소감을 한 문장으로 적어놓았다. 내 이름 앞에 어떤 정체성을 마련하느라 잠시 주저하기도 했다.

"어떻게 글 쓰는 사람들이 딱 한 줄밖에 못 써요? 뭐라도 좀 더 써보세요."

누가 내 글을 넘겨받아 읽을까 싶어서 그랬는지 나는 괜히 영혼이 없는 허술한 문장들을 탓했다. 다른 여행자들이 꼼꼼하게 남겨놓은 기록에 못 미치는 허사들이었다.

"우린 고료 없으면 안 써."

능란한 유머였다. 그렇지만 뭐라도 멋들어진 문장이 마음속에나마 차올라야 하는데 아무것도 떠오르지 않는 것은 이상했다. 그저 밥을 기다리는 동안 한없이 느린 시간만이 흘러갈 뿐이었다. 방명록을 다시 보니 언제 이곳에 왔고 언제 다른 곳으로 떠날 예정이라는 내용이 보였다. 아그라를 도망치듯 빠져나왔고 며칠째 배탈이 나서 고생했다는 글도 있었다. 어느 골목에 가면 괜찮은 식당이 있고 어떤 음식이 특히 인상적이었다는 정보도 쉽게 찾을 수 있었다. 낯선 곳에서 마주한 상념과 다른 여행자들을 위한 정보로 가득했다.

나는 이곳에 대해 아는 것이 거의 없었다. 딱히 다른 이에게 남겨놓을 정보도 없었다. 내가 이곳까지 오는 동안 마주한 것들은 모두 낯설었다. 공포와 수치심과 불쾌한 것들뿐이었다. 커다란 개들이 거리를 어슬렁거리는 불길한 어둠 속에서 잠들어야 했고 온몸이 고무처럼 녹아 흘러내리는 듯이 무더위에 지쳐 있었다. 눈에서 누런 광채가 빛나는 수백 명의 인파 속을 비집고 가면서 두려웠고 수천 년은 족히 썩은 듯한 소변 냄새에 빈속을 다 게워낼 것만 같았다. 구걸하는 여인네들을 모른 척 외면하느라 그 누구의 눈빛도 제대로 바라보지 못했다.

　어디에서 와서 어디로 가는지 쓸 수가 없었다. 지금 내가 어디에 와 있는지조차 헤아릴 수 없었다. 무엇을 찾아야 하고 당장 오후에 무엇을 해야 할지도 모르고 있었다. 부디 아무 일도 일어나지 않기만을 바라고 있었다. 낯선 상인을 따라서 어두컴컴한 골목으로 들어가지 않으리라 다짐만 하고 있었다. 혼자 떨어져 어제 다툼이 있었던 인도 사내와 저물녘에 마주치지 않기를 바라고 있었다. 그저 세상 밖에서 나를 찾을 수 없는 높고 가파른 곳에 숨어 있는 중이라고 구름 속의 망명자를 자처할 뿐이었다.

그런 것을 쓸 수는 없었다. 그 허구와 착란과 도피의 흔적을 남기기에는 여백이 충분하지 않았다. 한없이 느리고 가파르며 이해할 수조차 없는 문장은 잠시 앉은 자리에서 완성할 수 있는 것이 아니었다.

이곳에 눌러앉아 창문으로 구름이 들어와 뒷문으로 흘러나가는 것을 오래오래 바라보게 된다면, 그 앞에 책상을 하나 끌어다 놓고 안개구름이 내 귀에 다 젖도록 앉아 있게 된다면, 나는 자꾸만 길어지려는 문장을 애써 끊지 않고서도 느린 숨결 같은 말들을 기록할 수 있을 것이다. 어디에서 왔는지 잊었고 어디로 가야 할 필요도 없는 말들이 가득 차오르면 2층 식당에 앉아 창밖에 산등성이를 따라 올라오는 오래된 구름을 향해 놓아줄 것이다.

다른 그 어느 곳보다 높고 가파르고 한없이 느리게 구름이 올라오는 이곳이 남은 생을 바쳐 살 만한 곳이라고 여겼기 때문은 아니었을까. 혼자가 되어 있는 것이 너무나도 편안한 이곳에서 다시는 도망치지 않아도 되리라 생각했다. 오래된 구름의 성 안에서라면 굳이 나에게로 숨지 않아도 되리라고. 구름의 걸음을 느긋이 따라갈 수 있는 깊은 숲 속이라면.

짐작만 할 뿐
아무도 모르는

남걀사원 앞의 시장은 몇 걸음 둘러보면 끝일 정도로 작았다. 반대편 템플 로드 쪽으로 한 번 더 돌아보면 그게 다였다. 한 바퀴 스적스적 걷다가 다시 골목 안쪽으로 되돌아와서 벽면에 가판대를 세워놓고 수첩을 파는 곳으로 갔다. 대부분 매듭으로 고리를 달아놓은 수첩들이었다. 거칠기는 했지만 온갖 들꽃을 따다가 만든 종이 결이 괜찮았다. 값도 저렴해서 몇 개를 고르고 있었다.

일행 한 사람이 아내가 좋아하는 지갑을 고르겠다고 근처에 물건을 늘어놓은 인도 상인에게 갔다. 지갑의 형태를 설명하기가 쉽지 않아 두 손으로 허공에 그림을 그리거나 손으로 모양을 만들기도 했다.

"여기엔 없고, 창고에 있어. 가볼래?"

흰색 와이셔츠를 입은 청년이 함께 가자고 한발 앞서다가 멈춰 서서 연신 손짓을 했다.

"안 돼!"

나는 따라가지 말라고 했다. 위험할 수 있다고. 청년이 손짓하는 계단 아래쪽은 경사가 가팔라 보였다.

"금방 올게요."

그가 따라 내려간 계단 아래쪽에는 지나다니는 사람도 하나 없었다. 나는 몇 번인가 더 가지 말라고 했다. 그러면서 뒤처져 그를 따라 계단을 내려갔다. 이미 저 아래 어느 건물인가로 그들이 사라지고 난 뒤였다.

나는 그가 따라 들어간 듯한 건물로 들어섰다. 좁은 계단으로 2층에 올라갔지만 인기척이 느껴지지 않았다. 대체 어디로 사라진 것일까. 나는 건물을 나와서 다시 시장 골목으로 올라갔다. 다행히도 조금 지나서 그가 건물에서 나오는 모습이 보였다. 한 손에 지갑을 들고 있었다.

"대체 무슨 지갑을 사려고 했던 거예요?"

예기치 못한 일은 늘 일어났다. 그러나 그날 저녁은 좀 심각했다. 다른 일행 한 사람이 저녁이 되었는데도 보이지 않았다. 서로 가져온 반찬을 꺼내 저녁을 먹으려고 했다. 호텔 식당에 밥만 갖다 달라고 주문했다. 바닥에 비닐을 깔았는데 내가 잠시 빌려 입었던 우의도 함께 깔려 있었다.(다음 날 나는 그 우의를 씻어서 또 입고 다녔다.) 한 방에 모여서 바닥에 주저앉아 식사를 하느라 조금은 부산했다.

"누구 안 보이는 거 같은데?"

한 사람이 보이지 않았다. 조금 기다리면 오겠지 싶어 계속 식사를 했다. 그래도 오지 않자 나가서 찾아보자고 자리에서들 일어났다. 호텔 데스크에 부탁해서 택시를 불렀다.

"아까 다람살라 시장에서 만났는데 혼자 둘러보다 온다고 했거든요."

일단 마지막으로 본 장소로 가기로 했다.

"잠깐만. 혼자 들렀을지도 모르니 한번 들어가 봐요."

시장으로 내려가는 길목에 식당이 있었다. 한 번 이곳에서 점심 식사를 한 적이 있어서 혹시나 소식을 들을지도 몰라 들어가 보았다. 마침 여주인이 있었다. 말로만 듣던 여주인을 이때 처음 보았다.

"여기 아주 위험해요."

그녀의 목소리는 조금 냉정했다.

"지난번엔 살인 사건도 있었어요."

조심하지 않고 뭘 했느냐고 훈계를 하지는 않았지만 그녀의 얼굴은 이미 그런 표정이었다. 그때 인도인 종업원이 다가와서 자초지종을 물었다.

"노 프라블럼."

그 유명한 '노 프라블럼'을 이때 처음 듣고야 말았다. 종업원은 걱정 말라고 했다. 곧 돌아올 거라고. 그렇다고 마냥 기다릴 수만은 없었다. 다시 길가에 세워둔 택시를 타고 다람살라 시장으로 급히 내려갔다. 가는 길에 혹시나 길을 올라오는 이가 없나 살피면서 내려갔다. 운전사에게도 걸어서 올라오는 사람이 있으면 조금 속도를 줄여서 살펴보며 지나쳐달라고 부탁했다. 창밖은 자동차 전조등이 비추는 곳 이외에는 새까만 어둠뿐이었다.

아래쪽 다람살라 시장은 꽤 넓었다. 안쪽으로 미로 같은 골목이 이어져 있고 대부분 문을 닫아서 굳이 찾아 들어갈 필요는 없었다. 경사진 길을 다 내려와 비교적 완만한 큰길에 들어서면서 천천히 속도를 줄이며 달렸다. 어둠 속에서 누군가 지나가는 사람이 보이나 살펴보았지만 한두 명의 인도인뿐이었다. 할 수 없이 계속 차를 몰아 버스 스탠드까지 갔다. 그곳에 왜 가야 하는지 아무도 의문을 제기하지 않았다. 가볼 곳이라고는 달리 없었다. 혼자서 길을 떠났을 리는 없다. 그래도 알 수 없는 일이었다. 그렇지만 충분히 그럴 수도 있다고 여겼기에 버스 스탠드까지 살펴보았다. 누군가 강제로 데려갔을지도 모르는 일이었다.

"분명 무슨 일 생겼어."

"납치당했으면 어떻게 하죠?"

"이미 죽었을지도 몰라."

버스 스탠드는 어두컴컴했다. 밤늦게 출발하는 버스도 없는 듯했다. 어둠 속에서 걸어 나오는 한 청년을 붙들고 물어보아도 소용이 없었다. 찾을 방법이 없었다. 설마 별일이야 있을까 싶었지만 사방이 온통 불빛 하나 없는 어둠 속은 불길했다. 택시를 타고 다시 숙소로 돌아올 수밖에 없었다. 돌아오는 길에도 여전히 창밖을 살폈다. 돌아와서도 한 시간 정도를 더 기다렸을까. 그때야 사라졌던 그가 방문을 열고 슬그머니 들어왔다. 다들 말문이 막혔다.

"어디 갔었어요? 걱정했잖아요."

달리 물어볼 게 없었다. 여태 어디에 있었느냐고 물어보아도 딱히 대답이 없었다. 질문하는 사람만이 이미 알고 있는 사실을 다시 헤아릴 뿐이었다. 어떻게 왔냐고 묻자 그제야 그는 입을 열었다. 시장을 더 둘러보다가 로컬 버스를 타고 왔다고 했다. 상점 문도 다 닫혔고 어둠 속에서는 둘러볼 것도 없었다.

그런데 대체 무엇을 하다가 왔을까. 함께 찾으러 갔던 룸메이트는 별일 없이 돌아온 것에 안도하는 듯했지만 이내 얼굴이 굳어졌다.

더 이상 묻지 않았다. 그럴 필요가 없었다. 그는 이미 자신의 부재를 통해 자신의 전 존재를 드러냈다. 있을 때는 보이지 않지만 문득 사라지고 말았을 때는 확연히 그 존재가 드러나고야 만다. 부재란 그런 것이다. 어떤 사라짐은 사라지지 않으려는 극단적인 선택이다. 자기 안으로 빨려 들어가는 부재는 과거완료형이 아니라 현재적이다. 그 내부의 소음은 끊임없이 안으로 소용돌이치면서 바깥에 존재한다. 그것은 늘 무엇인가를 의미하려고 숨 가쁘다. 그 암시는 가시화되어 있었다.

그저 우연일지 모른다. 어쩌다 버스가 늦게 도착해서 벌어진 일일지도 모른다. 그러나 버스를 타고 언덕 위에 도착해서도 굳이 골목으로 더 들어가서 전통 만두 모모를 사 들고 왔다면 그는 기다리는 사람들을 위해 서둘러 돌아오지는 않았던 것이다. 왜 그랬을까. 묻지 않았다. 그것은 굳이 질문의 형식을 필요로 하지 않았다. 대답을 기대할 수도 없는 일이었다. 그는 외로웠으리라. 다만 남들처럼 허세를 부리거나 과장되게 떠들면서 그 외로움을 조금이라도 잊으려 하지 않고 그대로 끌어안고 있다가 한순간 고스란히 드러냈을 뿐이다. 나도 더 이상 묻지 않았다. 구름과 안개의 성에 들어와 숨으려 했던 나 역시 그리 다르지 않았으니까.

주발

골목을 기웃거리다가 명상 주발을 파는 가게에 들어갔다. 주발은 승려들이 명상에 사용하는 도구지만 평소에 가만히 바닥에 앉아 울림을 듣고 있으면 평범한 사람도 마음의 평안을 찾게 된다. 주발은 한 손에 딱 들어와 맞는 크기로 제법 묵직했다. 상점 주인이 몇 가지 주발을 꺼내 소리를 들려주었다. 이제 갓 태어난 소리 같았다. 주인은 설명서까지 꺼내서 보여주며 어떤 물건인지 설명을 했다. 이미 알고 있었으므로 나는 점점 퍼져나가는 소리의 파문만을 듣고 있었다.

잡음이 섞이지 않고 맑게 울리는 것쯤은 나도 헤아릴 수 있었다. 무엇보다도 내 마음의 울림과 그 소리가 맞아야 했다. 사내도 몸으로 느껴보라고 했지만 어쩐지 나는 자꾸만 가격이 거슬렸다. 값을 환산해보니 그다지 마음이 열리지는 않았다. 그 정도면 어디서든 구할 수 있었다. 내가 서둘러 마음을 접어서 그런지 함께 둘러보던 이도 손에 든 주발을 안타깝게 내려놓는 듯했다.

"무대에서 사용하면 좋을 것 같은데……."

"인사동에서도 쉽게 구할 수 있어요. 더 싸고 좋은 거 많아요."

아무리 더 좋은 것을 구할 수 있어도 그것은 인도에서 산 것은 아니다. 그 생각을 미처 못했다. 어떤 물건은 기억과 함께 존재한다. 그 물건에는 그때의 시간과 그곳의 공간이 존재한다. 그래도 첫눈에 끌리지 않으면 다 소용이 없다. 다음에 오겠다고 가게를 나서는데 사내가 따라 나오면서 계속 흥정을 붙이고 있었다. 잠시 손 위에 올려놓고 점점 울림이 몸 안으로 퍼져나가던 느낌은 사라지고 사내가 가격을 부르는 소리만 귓등까지 울려왔다.

내 걸음은 가볍지 않았다. 그리 비싼 것도 아닌데 하나 살 것을 그랬나 싶기도 했다. 이미 돌아섰으니 그저 걸음에 나를 맡길 뿐이었다. 무엇이든 다 마음에 맞아떨어져야 하는 것이니, 걸음이 가는 대로 가보자는 생각이었다. 어느새 나도 느긋해졌다. 이곳에서 며칠을 묵으며 누가 알려주지 않아도 비가 내릴 때를 가늠할 수 있었으니까.

가끔 왼손으로 가볍게 허공을 받쳐 들고 있을 때면 그 주발의 무게가 느껴지기도 했다. 이상한 일이었다. 얻지 못하고 구하지 못했어도 내 손에는 어떤 무게가 여전히 남아 있었다.

주발은 오래될수록 더 깊은 소리를 낸다고 한다. 그래서 100

년 이상 된 주발은 상당한 고가에 팔린다고도 한다. 어디나 그
무엇이나 마찬가지겠지만 오래되었다고 다 좋은 것은 아니다.
악기가 그렇듯이 오래도록 사용하지 않은 것들은 제소리를 내
지 못하고 낡아 있을 뿐이다. 오래된 주발도 그럴 것이다. 누군
가 대를 이어 이 주발을 손에 들고 손때 묻은 나무 막대로 입
구를 가볍게 빙 돌리며 시작과 끝을 맺었기에 그 소리는 더 깊
고 맑았을 것이다. 남은 삶을 함께해야 할 물건이라면 딱 보았
을 때 끌리기 마련이다. 그래서 미련을 두지 않고 돌아섰다. 서
서히 내 온몸을 열어놓고 퍼져나가는 어떤 파장이 있다면 그
순간 나는 단번에 알아챌 수 있을 것이다.

침묵이라는 마지막 음절

소년이 길가에서 골동품을 늘어놓고 팔고 있었다. 이것저것 둘러보니 내가 가진 팅샤Tingsha와 똑같은 것이 보였다.

"앤티크예요."

여기에도 똑같은 것이 있구나 싶었다. 그러고 보니 혹시나 흉내만 낸 중국산이 아닐까도 싶었다. 그 순간 길가에 펼쳐놓은 모든 것들이 다 그렇게 보였다. 어딘가 아닌 듯한 그 느낌은 쉽게 사라지지 않았다. 이것저것 둘러보는 눈길도 시들해졌다. 오래된 물건이라고 하니 값도 꽤 나갔다. 가난한 여행자가 선뜻 기념품으로 사기에는 적당하지 않았다. 내가 가진 것과 똑같은 물건을 보니 조금 맥이 풀렸다. 그러나 나는 가끔 팅샤를 치면서 그 소리에 질린 적이 없었다. 진품은 아무리 오래 만져도 질리지 않는다고 하던가. 오래가지 못하고 질리는 것은 분명 가짜라고 했다. 그래서 나는 팅샤를 소중하게 여겨왔다.

내가 가진 팅샤는 종 하나짜리였다. 야크 뿔이 가죽 꿰미로 연결되어 있어 끈을 중간쯤 쥐고서 종을 치기에 좋은 것이었다. 경매 사이트에 올라온 것을 몇 차례 경합이 붙은 끝에 생각보다 값을 더 쳐서 산 것이었다. 찾아보니 팅샤는 흔히 종 두 개로 되어 있었다. 연결된 끈을 양손으로 들고 종을 서로 맞부

덮쳐야 소리가 나는 것이었다. 간장 종지만 한 크기지만 그보다 높이가 더 낮았다. 그래서 두 개의 종으로 소리를 내려면 먼저 종이 흔들리지 않게 고요한 상태를 유지해야 한다. 그에 비하면 내가 가진 팅샤는 야크 뿔로 가볍게 치기만 하면 되니 편했다. 주머니에 넣고 다니다가 어느 바위 언덕에 앉아서 쉬어갈 때 쉽게 꺼내서 종을 칠 수 있도록 가죽으로 만든 주머니가 달려 있었다. 게다가 두 개의 종이 서로 파장을 만들어내는 것보다 단 하나의 울림만을 따라갈 수 있어서 그 고요함을 즐기기에 적당했다.

나는 고독한 선승이나 오래전에 사라진 어느 영혼의 부족을 흉내 내려는 것이 아니었으니 내가 가진 것은 그 쓰임새 그대로였다. 팅샤를 치면 쇠붙이에서 나는 고유한 소리가 들렸다. 둔탁하거나 신경을 예민하게 자극하는 것이 아닌 맑은 소리가 점점 울려 나왔다. 팅샤는 지구의 진동 주파수와 같은 파장을 갖고 있다고 한다. 뇌파도 7.8헤르츠의 고유진동 주파수와 함께 공명한다. 신체는 땅과 함께 동일한 주파수를 유지할 때 안정을 취할 수 있다.

나쁜 말을 들었을 때, 어쩌면 그 나쁜 말을 나 역시 서슴없이 뱉어내고 있을 때, 내가 서 있는 땅의 주파수와 틀어져 나는 전혀 다른 허공을 헤매게 된다. 간혹 위악적인 문장 속으로 숨으려 할 때도 나 자신을 벗어나 어둠 속을 떠돌 뿐이다. 그때 팅샤를 꺼내어 치곤 했다. 가죽 꿰미를 중간쯤 두 손가락으로 쥐고서 들어 올려 순한 야크의 뿔로 청동의 종을 가볍게 치면 그 진동이 들뜨거나 틀어져 있는 내 안의 주파수를 다시 제자리로 잡아준다.

팅샤의 소리는 진언이라고 한다. 옴^{Aum}이다. 그 마지막 음절을 침묵이라고 부른다. 처음과 끝을 다시 이어주는 침묵. 가끔씩 나는 그 침묵의 소리를 듣곤 했다. 무엇인가 끊어졌기 때문이다. 연결되지 못하고 풀어졌기 때문이다. 제자리에 있지 못하고 들떠서 부유하기 때문이다.

지구가 돌아가는 소리일 것이다. 그 고유진동 주파수가 내 몸에 닿았을 것이다. 그렇게 들을 수 없는 것을 듣게 되었을 것이다. 팅샤는 그런 것이다. 그러기를 바라며 가끔씩 가방에서 팅샤를 꺼내서 치곤 했다.

"이것도 값이 만만치 않은데."

그러나 값을 따질 이유는 없었다. 아무리 비싸다고 하더라도 그 가치를 모르면 다 무슨 소용이겠는가. 소년이 종 두 개짜리 팅샤를 꺼내 보여주었지만 내가 가진 것만으로도 충분했기에 자리에서 일어섰다. 나는 팔길상八吉祥 문양이 새겨진 것이 필요하지 않았다. 내가 가진 민무늬가 더 좋았다. 그 울림으로만 진 언이 퍼져나가는 것이 좋았다. 또 다른 주파수로 내 몸을 교란하고 싶지 않았다.

모두가 어딘가로 떠나는데도
모두가 이곳에

먼 길 가는 장사꾼들도 밤하늘을 헤아리지 않는다. 어느 외로운 목동이 긴 밤을 건너려고 별자리를 이어가던 시간은 이미 지나갔다. 진흙이 되려는 자는 없다. 한갓되이 먼지로 돌아가려는 자는 없다. 어젯밤에 별들은 보이지 않았다. 구름이 아랫마을을 지나 천천히 올라올 무렵 바람의 방향이 바뀌었다. 어김없이 맥그로드 간즈에 비가 내렸다. 색 바랜 경전의 문구들이 뚝뚝 빗물을 떨어뜨리고 있었다. 템플 로드 앞에서 누군가 온 힘을 다해 나팔을 불었으리라. 귀가 큰 비구름을 불러냈으리라.

나귀들은 커다란 주머니가 달린 조끼를 입고서 언덕 위로 시종 모래를 실어 나르고 구름은 계곡 건너 산등성이를 느릿느릿 타고 오르고 있었다. 일곱 언덕 위에 구름과 안개와 숲에 둘러싸인 마을이 있었다. 굵은 나무둥치를 그대로 기둥 삼아 가파른 경사지에 모래와 진흙으로 쌓아 올린 집들. 느릿느릿 내리는 비와 잠시 무릎을 오그리고 앉았다 가는 볕살과 젖은 바람으로 고요한 곳. 그래도 또 어디로 가려는지 로컬 버스 스탠드 앞은 떠나는 사람들로 늘 가득했다. 이곳에 올 때 함께 버스를 탔던 미국인 청년들이 더 북쪽으로 떠나려는지 커다란

짐을 내려놓고 버스를 기다리고 있었다. 인사를 나누지는 못했지만 그들이 떠나가는 모습은 왠지 아쉬웠다. 나도 저이들처럼 떠나갈 때 누군가 나를 그렇게 바라봐줄 것인가. 아마도 그 쓸쓸한 눈길은 이별 때문이었으리라. 어쩌면 내가 돌아가야 할 곳에 대한 근심이었을지도 모른다.

그들이 버스를 기다리는 모습을 잠시 건너다보다가 또 시장을 둘러보러 골목에 들어갔다. 나는 아직 이곳에 남아 있는 사람이었다. 가보지 않은 골목이 더 많았다. 우연히 목공소를 지나치다 안쪽을 들여다보니 외국인이 기다란 작업대에 앉아서 뭔가를 열심히 하고 있었다. 모르는 여자에게 더 끌리는 법이라고 하던가. 목판 앞에서 수련을 하던 한 여자가 보였다. 그녀는 뒤돌아보지 않았지만 미소 짓고 있었다. 그때 나는 그녀의 얼굴을 분명히 볼 수 있었다. 뒷모습만으로도 그녀의 얼굴을 바라볼 수 있었다. 묵언 수행을 하는 것도 아닌데 그녀는 뒤돌아보지도 않고 목각을 하는 데 주의를 기울이고 있었다. 그녀에게 목공예를 가르치던 선생이 대신 영국 여자라고 말해주었다.

그녀는 목판에 무엇을 새기고 있었을까. 조각칼을 대고 작은 망치를 두드리며 구름 한 조각을 만들고 있었으리라. 딱딱

한 목판 위에 어깨가 젖은 새벽을 느릿느릿 데려오고 있었으리라. 빛과 바람을 만지고 있었으리라. 가파른 너덜에 돌멩이가 하나 고요히 구르는 소리를 듣고 있었으리라. 침묵을 새기고 있었으리라.

다음 날 나는 그 공방 앞을 다시 지나갔다. 그녀가 있으리라 기대하면서 내리막길을 따라 천천히 걸어갔다. 구름은 저편 계곡을 따라 올라가고 있었다. 햇볕이 맑았다. 골목마다 시끄러운 경적을 울려대며 지나다니는 오토릭샤도 이때만큼은 보이지 않았다. 그녀를 한 번 더 건너다보려고 했다. 뒷모습에서 다시 얼굴이 보이는지 나는 궁금했다. 목판 위에 어떤 문양이 새겨져 있는지 바라다보고 싶었다.

이상하게도 모두가 어딘가로 떠나지만 모두가 이곳에 있었다. 한 발짝 떨어져 어깨를 스쳐 가지 않아도 좁은 골목을 지나칠 때면 그들이 어느 먼 곳을 거쳐 왔는지 꿈꾸게 된다. 한 줌의 바람이 젖은 먼지로 바짓단에 묻어 있어도 그 오랜 것들은 이상하게도 아무런 냄새가 없었다. 묵은내마저 다 사라지고 없는 골목에서 이름도 모르는 당신을 생각했다. 길을 등지고 들어선 식당 앞에 앉아서 양귀비 같은 까만 씨앗을 넣고 담배를 마는 사내에게서 낯선 기억들이 떠올랐다.

다울라다르산맥 쪽으로 돌아앉아 있던 바위 그늘에 눈길을 건네면 구름이 앉았다 간 자리만 나뭇가지에 흔들렸다. 바람결에 드러난 무릎같이 계곡은 바닥이 둥글었다. 밝은 단잠에 눈꺼풀 사이로 바삐 오가는 송사리들이 종아리를 찰랑찰랑 깨물다 가는 물결이었다. 돌아보니 한없이 한없이만 쏟아져 내리는 물살에 내가 흐르고 있었다. 하마터면 내 젖은 등허리를 타고서 골짜기가 죄 떠내려갈 뻔했다. 산맥을 채 넘지 못한 구름들이 안타깝게 흘러내리고 있었다. 무거운 안개와 구름이 걸려 넘어지지 않도록 창문들은 산비탈에 종일 열려 있었다.

말처럼 쉬운 게 또 어디 있으랴만 하늘을 끌어내려 천막을 펼치고 기다려도 맨발로 설산을 넘어온 별들은 어젯밤에도 보이지 않았다. 그러나 기원을 헤아릴 수 없는 오래된 만트라가 어떤 언어에도 속하지 않는 것처럼 진흙 세상에 몸을 받아 태어난 아이들은 길바닥이나 연꽃잎을 가리지 않고 모두가 잃어버린 울음소리를 냈다.

더 이상 갈 곳이 없어서가 아니라고 다짐해두었지만 해가 지고 검은 개가 어둠 속으로 바짝 목울대를 추어올렸다. 사라진

귀의 흔적이 새파라니 그 자리에 남아 있어 밤새 찬바람이 들레다 지나가지 않도록 나는 가만히 덮어놓을 뿐이었다. 이끼 덮인 쪽 돌 귀퉁이에서 묻어온 눅눅한 그늘이거나 밤바람을 깨워 어깨를 기대는 그런 낮은 목소리가 되기를 나는 바랄 뿐이었다. 누군가는 제 울음소리가 들리지 않을 무렵에야 길을 나섰을 것이다.

시바 카페

아는 사람에게만 보이는 길이 있는 듯이 꼭 그런 길이 있는지도 모르는 듯이 폭이 좁은 물길을 바짓단 끌어올려 건너갔다. 아침마다 늘 가던 길 말고 저리로 한번 건너가 보자고 외머리 땋아 내린 듯한 계곡 물살을 건너 시바 사원 쪽으로 올라갔다. 한 번쯤은 가로새어 가는 길도 괜찮으리라 생각했다. 가파른 길에 굴러떨어지지나 않을까 조심하면서 걷다가 잠시 멈춰 주변을 둘러보니 저만치 솔개가 떠 있었다. 너덜 사이로 난 길이 가팔랐지만 가볍게 원을 그리며 떠 있는 솔개를 한참이나 바라보고 있으니 아찔한 경사도 금세 사라졌다. 그런 안도감을 느끼고 있는데 저만치서만 날던 솔개가 어느새 바람결을 돌면서 돌면서 머리 위까지 바짝 다가와 떠 있었다.

솔개는 유유히 허공을 날다가 느닷없이 먹잇감을 향해 지상으로 온몸을 내리꽂는다. 그런 솔개가 내 머리 위에서 날고 있었다. 그러다 내 눈이라도 파먹겠다고 매서운 부리로 창을 던지듯 달려들면 어떡하나 싶을 때였다. 내 마음을 눈치챘는지 한 자락 구름이 냉큼 그 사이로 끼어들었다. 새하얀 처녀의 치맛자락을 스친 듯 솔개가 맞은편으로 바람의 결을 촘촘히 따라가고 있었다. 다시 사원을 향해 오르려는데 수풀 사이에 살이 오른 들쥐 한 마리가 말똥말똥 눈을 뜨고 있었다. 쥐가 내 눈을 대신 파먹은 듯 까맣게 눈을 뜨고 있었다. 아름다웠다.

산중턱에 다 오르니 주인은 없고 창문에 비친 높은 하늘만 이 빈 카페를 흘낏 들여다보다 지나갔다. 이 주변의 산은 얇은 돌조각들로 가득했다. 마치 정교한 기계로 편마암을 썰어놓은 것처럼 얇았다. 시바 카페도 그런 주변의 돌조각을 날라다가 촘촘하게 벽을 쌓아 올렸다. 카페를 지어 올린 기단 끝에는 역 시 그 돌조각에 시바 신을 그려놓은 그림들을 군데군데 장식 삼아 세워놓았다. 누가 하나쯤 가져가도 모를 정도로 아무도 없는 곳이었다.

주인은 대낮부터 마약에 절어서 어디선가 잠들어 있을 것이 라고 하던데 역시나 카페는 문이 닫혀 있었다. 계곡 건너 이 외 진 곳까지 찾아오는 이도 딱히 없는 듯했다. 주인 대신 등 굽 은 산돌배나무 한 그루가 벌레 먹은 파란 배를 하나 떨어뜨리 고서 무심한 듯 서 있었다. 절벽을 타고 자란 넝쿨들이 긴 손 을 뻗어 무거운 구름 하나를 끌어올려주고 있었다. 덜 익은 돌 배 하나 또 떨어지는 동안 마당에 들꽃들이 구름에 묻어온 햇 빛을 털어내고 있었다.

이런 곳이라면 하루 종일 의자 하나 내어 앉아서 두꺼운 책을 읽거나 그도 지루해지면 가파른 절벽을 기어오르느라 힘겨운 구름의 어깨를 다독여주기도 하면서 시간을 보내도 좋을 것이다. 아무것도 하지 않고, 낮게 내려앉은 숨결을 한껏 가슴 높이 끌어올렸다가 다시 가만히 내려놓고, 깊은 숨을 길게 내쉬어도 좋을 것이다. 잠시 햇볕 아래 졸다가 깨어서 발밑에 막 떨어진 돌배 하나 주워 들고 괜히 구름의 정원을 서성여보면서 그 어느 것도 더는 필요하지 않은 듯이 고요한 하루를 보내도 좋으리라.

떨어진 돌배 하나 머리 위에 올려놓고 낮도깨비처럼 시시덕거리다가 정원 끝에 있는 시바 사원으로 갔다. 사원이라고 해봐야 작은 탑 정도의 크기였다. 허리를 숙이고 낮은 자세로 들여다보아야 할 정도로 입구는 작았다. 내 사진을 찍어주겠다고 해서 사원의 낮은 입구에 쭈그리고 앉아 있었다. 너무 가깝다며 사진 한 장을 더 찍겠다고 해서 미소를 짓고 멀리 절벽 아래쪽을 건너다보고 있을 때였다. 갑자기 쿵 하는 소리가 들렸다. 돌아보니 내 사진을 찍던 이가 절벽으로 굴러떨어졌다. 사원의 기단 끝에 있던 그가 보이지 않았다.

"누가 좀 내려가 봐요."

기단 아래쪽에는 경사진 땅이었다. 그곳에 떨어져서 가파른 경사 때문에 한 번 더 구르다가 급기야 절벽 아래로 떨어지고야 말았다. 그 밑에 무엇이 있는지 작은 나뭇가지와 우거진 넝쿨에 가려 보이지 않았다. 내려가기에도 힘든 곳이었다. 그때였다. 절벽 아래로 떨어졌던 이가 풀뿌리를 잡고 기어오르고 있었다.

"조심해요. 풀이 뽑힐지도 몰라요."

그 상황에서도 그는 여유를 잃지 않으려고 했다. 그러나 한 손으로 풀뿌리를 잡고 기어오르는 것이 그리 쉽지 않았다. 딱히 잡을 만한 게 없었다. 그래도 그는 가까스로 기어 올라왔다.

"다행히 넝쿨에 걸렸어."

절벽으로 굴러떨어지면서 우거진 넝쿨에 몸이 걸렸던 모양이었다. 큰일 나는 줄 알았다. 너무나 갑작스럽게 벌어진 일이었다. 오히려 그는 나를 안심시키려고 했다. 사진을 다시 찍으려다 떨어져서 못 찍었다고 굳이 내 사진을 찍고야 말았다. 나는 먼 곳이 아니라 그를 향해 미소를 지었다.

"시바 신의 축복을 받았나 봅니다."

나는 사원 옆에 핀 들꽃 하나를 꺾어서 그에게 건네주었다. 그 이름 모를 꽃에 그의 이름을 붙여주었다. 마치 그가 다시 환생한 것을 의미하듯이. 나는 시바 신이 그를 절벽으로 밀쳐냈을 것이라고 생각했다. 그리고 이내 다시 절벽에서 끌어올렸고 생각했다. 다른 세상으로 갔다가 다시 이곳으로 되돌아왔다고 나는 믿었다. 오래도록 신을 찾아 인도를 주유했던 그가 신에게 가기에는 아직 일렀으리라. 이 세상에서 해야 할 일이 그에게는 여전히 많이 남아 있었다. 그것은 다른 삶을 사는 것이었으리라. 그리고 정말 그는 이후로 다른 삶을 살게 되었다. 그가 이 세상에서 해야 할 일은 구도자로 살아가는 것이었다. 신은 여전히 그에게 신을 찾으라 하고 있었다.

끈

아침에 식당에 내려가니 다들 식사를 마치고 차 한 잔을 앞에 놓고 있었다. 빈 접시에 사과가 깎여 있었다. 이른 아침에 원숭이들이 훔쳐 간 사과였다. 어제저녁에 종이봉투에 담은 과일을 가슴에 꼭 안고 왔다. 무엇보다도 그 길에는 커다란 원숭이 가족이 살고 있기 때문에 혹시나 사과를 탐해 달려들지 모르니 한 손으로 종이봉투를 받치고 다른 손으로는 사과를 감추면서 들고 와야 했다. 그 사과였다. 뻣뻣하고 시큼한 사과였다. 결국 원숭이들이 숙소까지 들어와서 훔쳐 간 사과였다.

어느 착한 손이 있어 나에게 이렇게

사과 한쪽을 내놓는 것인가

아침 식탁에 한 접시 잘 깎은 사과가 놓여 있다

몇 번 오가다 봐둔 식당에 다녀오면서

언덕 아래 노점에서 사 온 것이었다

종이에 싼 과일들이 길바닥에 쏟아질까 싶어

걸음마저 늦추어 한 아름 들고 왔다

국광도 아오리도 아닌

아무렇게나 비탈에서 자란 조그만 사과였다

그래도 오던 길에 원숭이들에게 빼앗길지도 모르기에

품 안에 꼭 싸안고 왔다

주먹만큼도 안 되는

작고 볼품없는 연둣빛 사과

단물이 넘쳐흐르지 않는 뻣뻣한 사과를

저녁나절 한입 베어 물다 말고

한편에 밀어두었는데

아침이 밝기도 전에 원숭이들이 다 가져갔다

빼앗기지 않으려고 가슴에 품었던 것들을 밤새 잃었다

한갓 보잘것없는 것들만

오래도록 붙들고 있었는지 모른다

그런 마음을 알기라도 하는지

나에게 말간 사과 한쪽을 내놓고 있다

다 늦은 아침에 어느 착한 손이 있어

오믈렛과 차 한 잔으로 아침을 먹었다. 어제보다 더 느긋해

져 있었다. 떫은 사과 맛이 이상하게 달았다. 창가에 널어둔 빨래는 마르지 않고 골짜기에 늦은 햇살은 잠시 아침을 맞이하다 지나가고 있었다.

스적스적 길을 걸었다. 길마다 돌멩이들이 석회질을 뒤집어쓰고 구름으로 위장한 채 길 편에 쌓여 있었다. 언덕 아래에서는 구름 속이 보이지 않았다. 구름 속에서는 무엇이든 구름이 될 뿐이었다.

한 나무를 빗대어 그 뒤편으로 사라졌을 때 정작 숲은 고요했다. 한 손에 꺾어 든 나뭇가지 끝에서 황금의 가루가 눈부시게 떨어져 내리고 작은 새들이 얇은 고막을 들추며 높이 날아오르자 파르라니 귀밑이 떨려왔다. 한 줌 남은 그늘을 안쪽으로 조금 더 넓혀놓았을 뿐, 나는 어떤 설렘으로 둥근 소용돌이의 안쪽에 조금 더 머물러야 했다.

묵은내 밴 구름 속으로 들어가면 뭇발길에 채인 돌멩이 하나 길켠 너덜로 굴러 내리는 소리가 들려왔다. 젖은 나무뿌리 아래 어떤 구름이 만들어지는지 보고 싶었다. 눈을 뜨면 먼 하늘이 햇귀처럼 밀려들기를 기다렸다. 진흙 위에 옮겨 쓴 문장으로 바꿀 수 있는 것은 아무도 가져가지 않는 안개와 구름뿐이었다. 어쩌다가 내가 가진 전부를 치렀는지 알 수 없지만 숲 속에서 나는 내 한 몸의 겹으로 소란스러웠다. 고요했다.

등짐 지고 고개를 넘어오는 나귀들이 쉬어가도록 깨달은 자들이 목을 축이고 가도록 돌 틈에 눈 녹은 맑은 물이 두 손 가득 고여 흘렀다. 헛디딘 발끝에서 잔돌이 굴러 내렸다. 구름의 골짜기가 시작하는 곳에서 나는 걸음을 멈추고 잠시 서 있었다. 오늘 밤에는 얼음 조각에 찢긴 발바닥을 끌고서 별이 뜰 것만 같았다.

안개와 구름의 길을 뒤돌아 내려오자 힌두 사원이 있었다. 베다의 오래된 주문과 시구가 돌계단에 새겨져 있었다. 사원에 들어가기 위해 신발을 벗고 보니 신발보다 내 발이 더 더러웠다. 입구에 걸려 있는 구리종을 쳤다. 눈치껏 나도 남들처럼 머리 위의 작고 맑은 종을 쳤다. 머리 위에서부터 발끝까지 뭔가 흰 대리석 계단 속으로 빠져나간 것일까. 내 몸을 따라 그 울림이 작은 소용돌이처럼 바닥 밑으로 스며들었다. 그 뜨거운 것을 가져가려고 가두어두려고 오래된 대리석 계단은 그렇게 차가웠다.

진흙 묻은 발자국에서 새로 새겨진 자신의 문장을 발견하는 것은 신성의 목소리를 듣고 삶의 근원을 찾고자 했던 베다의 의미에 가까이 다가가는 일이었을까. 살아 있는 모든 것은 영적이다. 그리하여 모든 생명은 숭고하다. 신의 본질이 이 세상에 구현되었다면 그것은 모든 살아 있는 생명일 것이다. 차가운 계단을 맨발로 걸어서 오르는 동안 나는 조금 더 내 기원에 가까이 다가서고 있었다. 분명 그것은 살아 있음의 황홀일 것이다.

느짓이 돌아오는 길에 회색 줄무늬 앞치마를 두른 할머니가 나에게 흰 비닐봉지를 내밀었다. 갖은 색실을 엮어 만든 작은 매듭이 가득했다. 손바닥만 한 두꺼운 마분지에 할머니의 이름과 끈에 대한 설명이 영어로 적혀 있었다. 누군가에게 부탁해서 만든 모양이었다. 나는 할머니의 이름을 천천히 발음해보았다. 할머니는 고개를 끄덕였다.

손목에 묶어주는 끈이었다. 당신에게 기쁨이 가득하라는 따뜻한 마음이었다. 내가 왔던 곳으로 다시 돌아가면 이 끈을 나눠 주리라 생각했다. 당신 손목이 아름다워지리라 생각했다. 비닐봉지에 들어 있는 끈을 모두 샀다. 함께 둘러선 이들이 각자 조금씩 나눴다. 작고 예쁜 끈이었다. 나도 끈을 하나 손목에 묶고 싶었다. 손목에 끈을 대고 돌려서 다른 한 손으로 고리를 끼우는 것이 쉽지 않았다.

"이건 여자가 묶어주는 거예요."

옆에서 바라보던 이가 내 모습이 안쓰러웠나 보다.

"이리 줘봐요. 내가 묶어줄게요."

나눠 주려고 했는데 내가 먼저 받게 되었다.

외로우면 외롭지 않아

저녁 어스름이 가득한 골목에는 지나가는 이조차 없었다. 어느새 홀로 외떨어져서 귀고리를 하나 고르고 있었다. 내 귀에 어울리는 작은 귀고리를 찾고 있었다. 예전처럼 왼쪽 귀에 은귀고리를 하나 달고 싶었다. 그때 어디선가 이상한 소리가 들려왔다. 가로등 불빛이 못 미치는 어둠 속에서 누가 낡은 수레에 종이 박스와 등 굽은 그림자 하나를 더 얹어서 끌고 가는 소리 같았다.

몇 걸음 걷다 보니 그 소리가 점점 크게 들리기 시작했다. 암소가 젖은 골판지를 하나 입에 물고 질겅질겅 씹으며 끌고 오는 소리인지 싶어서 귀를 기울였다. 누군가 수레의 녹슨 바퀴를 굴리며 힘겹게 느릿느릿 끌고 가는 소리 같기도 했다. 그 소리가 하도 이상해서 어디서 나는 소리인지 가로등 불빛 아래에서 두리번거리고 있었다. 그때 뒤쪽으로 10여 마리의 새들이 구억 꺽~ 구억 꺽~ 바람 빠진 바퀴를 굴리듯이 날아가고 있었다. 가로등 불빛이 가까스로 도달한 낮은 밤하늘을 허연 새들이 날아가고 있었다.

새들이 날아간 북서쪽 하늘을 뒤돌아서서 바라보고 있으니 내 몸에서 자라난 푸른 실핏줄이 그쪽 어둠 속 어딘가로 뻗어나가는 듯했다. 한 무리의 새가 아니었다면 저 먼 광활한 저녁 하늘을 오래도록 돌아보지 못했을 것이다. 그렇게 멈춘 걸음으로 한동안 서 있지 않았다면 아득한 어떤 숨결을 다시 내쉬지 못했을 것이다. 그러지 않았다면 북서쪽 하늘의 어둠이 내 숨결로 내려앉지는 못했을 것이다.

온몸에 피가 도는 소리를, 가만히 나를 바라보는 그윽한 눈길처럼 이제 막 귀밑에 땀방울이 한 점 맺히는 소리를 나는 듣고 있었다. 사원의 회랑 한가운데 앉아 있을 때도 낯선 침대에 누워 늦은 아침에 눈을 뜰 때도 짜이를 팔던 오래된 골목을 지나갈 때도 내 작은 귀는 그 무엇에라도 기대고 있었다. 밤구름이 가득 몰려와서 어둠이 더욱 눈앞에 가깝게 보이기 시작했다.

"외로우면 외롭지 않아."

문득 그런 생각이 들었다. 외로워야 비로소 외롭지 않을 것이라고 생각했다. 힘겹게 산맥을 넘어가던 새들처럼 오래전 나는 뜨거운 태양을 등지고 이곳을 지나왔을 것이다. 오랜 햇빛에 돌이 부서져 내리는 동안, 절벽 위 진흙 사원이 허물어져 바

람으로 다시 태어나는 동안, 그 한 줌 붉은 먼지 속에서 누가
둥근 몸을 꺼내놓았을 것이다. 그렇게 나는 태어났을 것이다.
누가 내 몸을 자꾸만 바람 속으로 햇빛 속으로 꺼내놓았을 것
이다.

어떤 무게가 아닌 내 영혼

　사라지지 말라고 휩쓸려 가지 말라고 내 한 몸을 붙들어주는 힘이 있다면 바로 영혼일 것이다. 흘러나오지 않고 몸 안에 깊숙이 머물러 있는 힘, 살아 있기 위해 움켜쥐고 있는 힘, 끊임없이 자기로 태어나는 어떤 아름다운 힘, 나는 그것을 영혼이라고 불렀다. 자기를 놓치고 그 무엇에 가닿아 이르지도 못할 때 영혼을 잃게 된다고 나는 믿었다. 그래서 붙들고 있었다. 움켜쥐고 있었다. 내 안에 깊숙이 머물러 있었다.

　마른 입술은 침묵을 부른다. 단 하나의 말로 그 처음으로 돌아가려 한다. 스스로 존재하려고 한다. 다른 말을 불러내려고, 파랗게 실핏줄이 돋아나는 또 다른 말을 창조해내려고, 다시 영혼이 되려고.

　구름 속에서 더 이상 나를 숨기지 않아도 되었다. 이제 돌아갈 시간이 되었다. 버스 시간이 한참 남아서 주변을 더 둘러보러 나섰다. 산 위로 난 오솔길을 따라 걸어 올라가니 온통 안개 구름뿐이었다. 서너 걸음쯤 앞이 보일 뿐, 적막했다. 길을 따라 더 걷고 싶었다. 이 길이 어디까지 이어져 있는지 그 끝으로 가면 나도 세상도 진흙으로 남은 내 걸음도 모두 사라지고 없을 것만 같았다. 조금 걷다 보니 숲 속에서 몇 사람이 걸어 나오고 있었다.

"이 길을 따라가면 어디가 나오나요?"

"트리운드 가는 길이에요."

"얼마나 가면 도착할 수 있지요?"

"글쎄요. 지금 가면 저녁에나 도착할지 모르겠네요. 구름이 짙어서 걸음이 빠르지는 않을 거예요."

트리운드 가는 길이었다. 그러나 몇 시간 뒤에 나는 이곳을 떠나는 버스에 올라타야 했다. 길은 질척거렸다. 발걸음도 무거웠다. 이 길을 따라 더 갈 수는 없었다. 오히려 안개구름에 가려 보이지 않는 길이 더 아름다울 수 있을 것이라 여겼다. 트리운드 가는 길에 가파른 골짜기로 굴러떨어지는 돌멩이들이 내 서툰 걸음을 대신 가져가 주기를 바랐지만, 눈 덮인 히말라야 산맥의 끝자락을 건너다보며 높은 별이 떠오르기를 기대했지만, 그래도 나는 괜찮았다. 그 먼 산봉우리와 차가운 별빛을 그리움으로만 남겨두기로 했다.

다시 길을 내려와 진흙이 엉겨 붙은 샌들 바닥을 털어냈다. 그러는 사이에도 하루는 서둘러 지나가고 있었다. 짐을 챙기고 조금 일찍 버스 스탠드로 내려갔다. 저물 시간은 일렀지만 버스 스탠드 안쪽에는 저녁 어스름이 먼저 들어와 있었다. 여전히 시간이 남아 자리에 앉았다가 그것도 지루해지면 조금 어슬렁거리다가 딴 자리에 앉았다가 하는 사이에 뭔가 눈에 들어오는 게 있었다.

이상한 기계 안에 작은 전구가 밝게 빛을 내며 켜졌다. 해가 질 무렵이 되니 기계에 불이 들어왔다. 무게를 재는 기계였다. 발자국 모양이 새겨져 있는 것을 보니 몸무게를 재는 용도인 듯했다. 버스에 싣는 짐의 무게에 따라 요금을 달리 받는 것은 아닌 듯하고 발자국까지 새겨져 있으니 몸무게를 재는 기계가 분명했다. 1루피라고 쓰여 있었다. 마침 내 호주머니에는 딱 1루피가 있었다. 무엇을 사고 남았는지 알 수 없었다.

1루피를 넣고 기계에 올라서서 내 몸무게를 재보았다. 노랗고 빨간 작은 전구가 깜빡거리며 빙빙 돌 줄 알았는데 기계는 전혀 반응이 없었다. 유리 안을 들여다보았다. 아무런 변화가 없었다. 먹통이었다. 조금 더 들여다보니 중간에 드라이버로 뭔가 막아놓은 듯했다. 마분지 같은 두꺼운 종이에 몸무게를 찍어서 내보내야 할 텐데 바로 그곳을 드라이버로 막아놓았다.

이 괴상한 기계가 뭔가 불빛을 알록달록 반짝이며 돌아가다가 작고 두꺼운 종이 한 장을 툭 내밀기를 기대했다. 그러나 아무것도 나오지 않았다. 내 무게는 0도 아니고 70도 아닌, 그저 아무것도 아닌 것이었다. 어쩌면 그것은 내 영혼이었는지 모른다. 무거움도 가벼움도 아닌, 그저 처음으로 돌아가야 할 내 영혼. 나는 이런 것들이 좋았다. 아무것도 아니라고 말하는 이 기계가 마음에 들었다. 이제 나는 어떤 무게도 아니었다.

한 걸음만

더 가서

내가 기다려야 할 것은
이곳에 없으리라

　기차 시간이 조금 남아서 서울역 대합실에 앉아 있었다. 자리가 빌세라 누가 옆자리에 앉았다. 이곳에서 흔히 볼 수 있는 행색이 초라한 사내였다. 어디냐고 확인하는 전화가 와서 곧 출발한다고 말하고 이내 끊었다. 주머니에서 꺼낸 휴대전화를 그대로 손에 쥐고 있었다.

　그때 뭔가 생각이 났다는 듯 옆에 앉은 사내가 내게 말을 걸어왔다.

　"전화 좀 쓸 수 있을까요?"

　"네?"

　그가 왜 휴대전화를 빌리려는지 잠시 걱정이 앞섰다. 내 휴대전화를 받아들고 냅다 도망이라도 치려는 것인가. 내가 고함이라도 친다면 이 많은 사람들 사이에서 도망치기란 그리 쉽지 않을 것이다. 어디 이상한 곳에 전화를 걸어 뭔가 결제라도 하려는 것인가. 알 수 없는 일이었다. 나는 잠시 주저했다. 무엇보다도 구걸하는 듯한 그의 표정 때문이었다.

　"어디에 거시려고요?"

　"여자 친구요."

　내 입이 순식간에 벌어지면서 급하게 숨이 멈춘 듯한 소리가 목울대에 걸렸다.

"헉!"

나도 모르게 그 소리가 나왔다. 전혀 예상 밖의 대답이라서 그랬던가. 아니면 나는 그를 비웃고 있었던가.

"여자 친구 있어요?"

"네."

그는 손에 쥐고 있던 쪽지를 펴서 내게 건넸다. 전화번호와 이름만 하나 적혀 있었다. 역시나 촌스러운 이름이었다. 쪽지에 적힌 전화번호를 누르자 통화음이 들렸다. 나는 사내에게 휴대 전화를 건넸다.

사내는 고개를 조금 돌려서 여자 친구와 통화를 했다. 무슨 내용인지는 잘 들리지 않았다. 그래도 어디에 있느냐, 어디서 만나자는 등 몇 마디는 알아챌 수 있었다. 나는 자꾸만 그에게로 귀를 기울이고 있었다. 조금 전에 그를 비웃던 것과는 달리 그 사내가 애처롭기도 하고 그들의 연애가 재밌기도 했다. 한편으로는 여전히 사내의 모습이 우스웠다. 짧게 통화를 마친 사내가 연신 고맙다며 허리를 굽혀 인사를 하고 자리에서 일어섰다.

그가 어딘가로 떠나고 나자 부끄러운 사내 하나만 남았다. 내 비웃음을 그가 못 보았기를. 우습다는 식으로 바라보던 한 사내의 눈길을 그가 느끼지 못했기를. 내가 부끄러워지기 시작했다. 어디선가 여자 친구를 만나고 있을 사내의 얼굴이 자꾸만 떠올랐다.

나는 커다란 벽시계를 올려다보며 멍하니 앉아 있다가 주머니에 넣어둔 휴대전화를 다시 꺼냈다. 그리고 문자를 하나 보냈다.

"인도에 같이 가지 않을래?"

한 걸음이면 되었다. 그러나 단 한 걸음이라도 내딛기가 그리 쉽지 않았다. 두 걸음을 갔다고 생각했지만 다시 한 걸음뿐이었다. 세 걸음이라 여겼지만 나는 그 어디에도 도달하지 못했다. 나는 어디로든 한 걸음조차 나아가지 못했으리라. 늘 되돌아서서 머뭇거리다가 다시 그리워져 밤을 지새우곤 했으리라. 오직 한 걸음으로부터 모든 것이 시작되고 단 한 걸음으로만 되돌아왔다. 인도는 내게 그렇게 한 걸음 안에 나를 영원토록 붙들어놓을 것만 같았다.

누구도 선뜻 대답하지 않았다. 나는 다시 가고 싶었다. 나 혼자서만 대답을 하고 있었다. 오히려 아무도 대답하지 않기를 기다렸다. 내가 기다려야 할 것은 이곳에 없으리라 생각했다.

괜찮아
마음만 잃지 않았으면

한 해 만에 다시 인도에 왔다. 내 짐은 이전보다 더 무거웠다. 오른손에는 바퀴 달린 커다란 트렁크가 쥐어져 있고 등에는 사람 하나쯤 거뜬히 들어갈 만한 백팩이 숨통을 조이고 있었다. 남은 왼손은 사실 더욱 불쌍하기 이를 데 없었다. 공항 면세점에서 받아온 비닐봉지와 휴대용 가방과 미처 집어넣지 못한 소형 카메라와 객실 열쇠와 그새 땀에 젖은 모자와 먹다 남은 물병까지 들려 있었다.

긴 여행일수록 짐을 가볍게 싸야 하는데 원래 근심이 많은 이의 짐이 무거운 법이다. 그러니 무거운 짐은 우선 어디든 내려놓아야 한다. 어디든 짐을 부려놓았다면 바로 그 자리가 자기 것이 될 확률이 매우 높다. 함께 묵어야 할 일행이 같은 침대 옆에 짐을 내려놓지 않았다면 안심해도 된다. 이제 그 침대는 자기 것이 될 것이다. 그러나 다른 이가 먼저 선택할 수 있도록 눈치껏 뒤따라 들어가는 게 차라리 속 편하다. 스위트룸도 아니고 매력적인 조명 아래 와인 바가 있거나 커다란 창문으로 시가지가 한눈에 내려다보이는 곳이 아니라면 어느 침대든 무슨 상관인가. 그저 더블 침대가 아닌 것에 감사할 따름이다. 한 해가 지나고 다시 인도에 와서 침대를 차지할 생각에 사로잡혀 있는 것은 쓸쓸한 일이니까.

"뭐 필요한 거 없어?"

호텔 종업원이 노크도 없이 문을 열고 물었다. 거의 방에 들어와서 짐 정리하는 걸 도와줄 태세였다. 가방을 들어다 준 지얼마나 되었다고 그새 또 찾아왔다. 딱히 꺼내놓을 것도 없는가방을 열고 보니 무엇부터 해야 될지 알 수 없었다.

"노 프라블럼."

나 대신 땀 좀 흘려달라고 하고 싶었다. 그러나 괜한 소리를했다가는 더 열심히 들러붙을 게 뻔했다. 왜 하필 한여름에 또인도에 왔는지 이내 후회스러웠다. 너무 더워서 모든 게 다 귀찮았다. 호텔 로비에서 일행들의 방을 정해주고 공지사항 몇가지를 알려주는 짧은 시간에도 나는 연신 땀을 흘리고 있었다. 대단한 더위였다.

짐을 나르는 종업원과 함께 엘리베이터를 탔는데 조금 올라가다가 딱 멈춰버렸다. 전기가 끊겼다. 큰 호텔이 아니니 엘리베이터도 당연히 비좁았다. 내가 타는 엘리베이터는 여지없이늘 한 번쯤은 멈추곤 했다. 몇십 초쯤 뒤에 위이잉거리며 전기가 들어오고 내가 묵을 층에서 엘리베이터 문이 열렸다. 방 안에 미리 켜둔 에어컨이 열심히 돌아가고 있으니 시간이 좀 지나면 나아질 것 같았다. 그래도 바닥이나 벽면, 천장까지 종일 더위에 달궈져 있었는지 열기가 채 가라앉지 않은 상태였다.

"필요한 게 있으면 부를게."

"아니, 내가 찾아와야 그때 필요한 게 무엇인지 생각하게 될 걸."

그는 젊었지만 아마도 오랜 경험에서 그런 말을 할 수 있게 되었을 것이다. 그는 농담을 툭툭 던지면서도 당당한 표정을 잃지 않았다. 그의 말은 옳았다. 내게 무엇이 필요한지 알게 된 것은 한 시간쯤 뒤에 그가 다시 찾아왔을 때였다. 내 방뿐만 아니라 어느 방이나 마찬가지였다.

"머리 말리는 걸 영어로 뭐라고 해야 돼요?"

일행 중 한 사람이 찾아왔다.

"그냥 헤어드라이어 아닌가요?"

"그랬더니 못 알아듣던데요."

"그럼 일렉트릭…… 팬? 음…… 그건 선풍기고…… 그냥 몸짓을 하지 그랬어요. 종업원 말인가요?"

"얼마나 자주 찾아오는지 귀찮을 정도예요."

그는 정말 어느 곳이든 불쑥불쑥 문을 열고 들어갔다. 이 방저 방 수시로 들락거렸다. 그가 내 방에 세 번째 찾아왔을 때그의 표정은 근면성을 보여주기보다는 내 방을 훑어보느라 바빴다. 썩 믿음직한 얼굴이 아니었다. 나중에야 알게 되었지만그때 나의 느낌은 틀리지 않았다. 이틀 뒤에 다른 여행지로 한참을 이동하던 중에야 그가 왜 쥐새끼처럼 객실을 돌아다녔는지 알게 되었다. 일행 한 사람이 수백 달러를 잃어버린 것이었다. 호텔에서 지갑이 털린 모양이었다.

그날 늦은 밤에는 종업원이 나타나지 않았다. 그가 먼저 오기 전에 나는 내게 무엇이 필요한지 알 수 있었다. 그러나 그는자신이 필요할 때만 찾아왔다. 그는 그날 밤에 다른 것을 탐내느라 바빴을 것이다. 나중에야 또 알게 된 사실이지만 그는 그때 더 큰 것을 훔치고 있었다.

오래된 골목에서 짜이를

 자미 마스지드 이슬람 사원의 높은 계단을 내려오자 시장이 펼쳐져 있었다. 물건보다 사람들이 더 많았다. 그 비좁은 길을 지나가야 했다. 연신 경적을 울려대는 오토릭샤와 누런 먼지와 숨이 막히는 뜨거운 땡볕과 묵은 지린내와 아무 데나 주저앉아 있는 암소와 혀를 빼물고 지나가는 털 빠진 개와 이 세상의 온갖 것들이 다 기어 나와서 북적거리는 곳이었다.

 그늘을 찾아서 찬드니 초크의 오래된 뒷골목으로 들어갔다. 커다란 가위를 나무 판때기 위에 올려놓고 줄자를 목에 건 재단사가 흘끔 쳐다보았다. 동네 꼬마가 수줍은 듯 문 뒤로 숨었다. 그 골목에서 뜨거운 짜이를 한 잔 마셨다. 희한하게도 짜이는 매번 마실 때마다 맛이 달랐다. 그러고 보니 어디에서 마셨는지에 따라 다른 것 같았다.

 뜨거운 유리잔의 끝을 겨우 잡고서 한 모금을 마셨다. 흙바람이 좁은 골목길을 다 데리고 나왔다. 다른 한 손으로 두꺼운 유리잔을 받치고 한 모금 더 마셨다. 이번에는 흐르는 물결을 멍하니 바라만 보며 앉아 있던 강변이 지나갔다.

흙바람이 좁은 골목길을 다 데리고 나왔다

흐르는 물결을 멍하니 바라만 보며 앉아 있던 강변이었다

러닝만 입은 채 냄비에다

두 손으로 생강을 짓이겨 넣던 사내

울렁울렁 고갯길을 돌고 돌아 쉬어가던 어느 길이었다

아무리 빨아도 나오지 않는 말라붙은 젖 냄새였다

시장 골목에서 암소가 뜯어 먹고 있던 젖은 골판지였다

맨바닥 거리에 쪼그리고 앉아

한 주먹 불을 피워 굽는 탄내 나는 차파티

까만 얼굴에 땀을 흘리며 달려오던 거지 남매였다

먹다 남은 생수 한 병 창틈으로 겨우 받아들고도 환하게 웃던
절름발이 동생이었다

입술 끝에 묻은 쓰디쓴 잎담배 맛이었다

대낮에 잠들었던 개들을 깨우며 해가 지고 있었다

짜이를 한 잔 마시자 세상의 온갖 것들이 다 내 안에 들어온
것 같았다. 카다멈과 정향과 생강과 어떤 알 수 없는 마살라

향이 나를 오래된 골목 안쪽으로 데려가고 있었다. 오래 끓고 남은 홍차 찌꺼기처럼 짙은 그늘 속으로 작고 고요한 문이 가득한 길이었다. 냄비에다 두 손으로 생강을 짓이겨 넣던 사내가 그걸 눈치챘는지 미소를 짓고 있었다.

자기를 끌고 가는 릭샤왈라

　지옥이 있다면 바로 저녁의 주류 상점일 것이다. 그곳은 지하에 있었다. 좁은 계단을 내려가니 손님들로 가득했다. 위스키를 달라고 한 손에 지폐를 흔들며 몰려든 사내들의 눈빛에서 누런 광채가 났다. 술을 달라고 몰려들어 아우성이었다. 이렇게 곤혹스러운 적이 또 있었을까. 인도에서 술을 마시는 자들은 천민만도 못한 부류로 취급된다. 아무리 이들의 문화와 다른 곳에서 왔다고 하더라도 상점 안에서 아우성을 치지만 않았을 뿐 나는 똑같은 인간이 되어 있었다. 술을 사겠다고 지옥의 문으로 들어선 내가 부끄러웠다.

　그래도 지하 상점에서 캔 맥주 두 상자를 간신히 샀다. 빈손으로 돌아갈 만한 마땅한 구실을 찾지 못했다. 그럴 바에는 차라리 지옥의 바닥에 굴러떨어진 불쌍한 인간이 되는 게 더 쉬웠다. 그런데 그 무거운 것을 들고서 걸을 수는 없었다. 사이클 릭샤를 불러서 짐을 싣고 올라탔다. 젊은 릭샤왈라가 오른쪽 페달에 온 체중을 실어 간신히 출발했다. 체중이랄 것도 없이 그는 비쩍 말랐다. 왼쪽 발에 다시 온몸을 싣고 오른발로 옮겨가는 동안 릭샤는 겨우 두어 걸음쯤 더디게 이동했다. 경사진 길이라 더 힘들어 보였다. 안 되겠는지 사내는 안장에서 내려

와 두 손으로 핸들을 쥐고 온 힘을 다해 밀기 시작했다. 그나마 조금 나았다.

"더 빨리 갈 수 없어?"

함께 타고 있던 리시팔이 재촉했다. 그는 시크교도였지만 머리에 터번을 두르지 않았고 턱수염도 기르지 않았다. 규율을 어기고도 괜찮은 것을 보니 이곳에서는 얼마든지 다른 삶을 선택할 수 있는 것 같았다.

"당신이 내리면 빨리 갈 수 있어요."

사내는 뒤를 돌아보면서도 계속 안간힘을 다해 릭샤를 밀었다. 쩔쩔매며 릭샤를 끌고 있는 사내를 보자 앉아 있는 자리가 불편해졌다. 차라리 내려서 걷고 싶었다. 그러나 내가 내린다고 해서 크게 달라질 것 같지도 않았다. 리시팔의 몸무게는 거의 내 두 배쯤은 되었다.

"빨리 가기나 해."

말도 안 되는 소리를 한다고 리시팔은 그를 낮잡아 비웃었다. 참으로 못할 짓이다 싶었다. 다시는 탈 수 없을 것만 같았다. 노예를 부리는 것과 무엇이 다르다는 말인가. 누군가 릭샤를 타고서 아무렇지도 않다면 아마도 내리막길이나 평지를 달리고 있었을 것이다. 처음 타본 사람들은 거의 대부분 이 비인간적인 노동을 즐기지 못한다. 그렇지만 릭샤를 타야만 그들에게 도움을 주게 되는 것이니 난감한 일이 아닐 수 없었다.

릭샤는 온 힘을 다해 기어가고 있었다. 비쩍 마른 한 사내가 하루의 마지막 벌이가 될지 모르는 두 손님을 태우고서 남은 힘을 다 쥐어짜고 있었다. 소용이 없는 것을 알면서도 저녁 어둠이 뒤에서 사내를 밀어주고 있었다.

"꺼져."

리시팔은 차량의 문 앞에서 두 손을 모아 애원하는 사내를 매몰차게 내쫓았다.

"맥주 한 캔만 주세요."

"빨리 꺼지라고."

방금 릭샤를 몰던 사내였다. 차라리 값을 더 쳐줄 것을 그랬다. 맥주 한 캔이라도 꺼내 줄 것을 그랬다. 그러나 나는 그러지 못했다.

"버릇돼요."

조금 전에 자리가 불편해서 릭샤에서 내리려고 했을 때 리시팔이 나를 만류했다. 무슨 뜻인지 나는 느낄 수 있었다. 왜 그가 그렇게 냉정한지 나는 알 수가 있었다. 카스트제도에 대해 비판하는 것은 쉽지만 이곳의 윤리는 내 부정적인 시각을 넘어선 자리에서 존재한다. 나는 그것을 아직 이해하지 못했다. 서구의 계급사회가 분업에 기초하듯이 인도에서도 마찬가지가 아닐까. 나의 판단은 여전히 유보적이었다. 섣불리 이들의 사회를 경멸할 수는 없는 일이었다. 리시팔이 시크교를 버리고 자본주의의 후예가 되기를 주저하지 않았지만 그래도 이곳에서는 도저히 바뀔 수 없는 것이 있었다. 어쩌면 비인간적인 계급사회에 대한 나의 경멸이야말로 가장 비윤리적인 방식이 될지도 모른다. 적어도 이곳에서는 그렇다. 그래서 내가 할 수 있는 일은 그저 한 걸음 물러나 방관하는 것뿐이었다. 나는 이런 불편함을 어떻게 받아들여야 할지 알 수가 없었다.

서벵골 지역에서는 사이클릭샤를 금지했다. 해가 다르게 릭샤왈라가 사라지고 있다고 한다. 이것은 다행일까. 그들은 어떤 다른 생계 수단을 찾았을까. 밤이 깊어지는 동안 나는 지옥의 바닥에 굴러떨어진 한 사내가 되어 있었다.

어떤 질문

낯선 곳에 다다르는 동안 두려움과 설렘은 점차 사라지고 오래 잠들어 있던 다른 감각이 깨어나기 시작한다. 장 그르니에는 '희귀한 감각'이라고 불렀다. "저 내면적인 노래를 충동질하는 그런 감각들"(『섬』)은 삶을 가치 있는 것으로 바꿔놓는다. 삶의 순간마다 느끼는 그 모든 것들이 반복적이고 지리멸렬한 것이 아닌 새롭게 의미를 갖게 되고 하나하나 비로소 자기 자리로 돌아갈 수 있는 것은 무엇보다도 그것들이 존재하기 때문이다. 감각이 반응하는 것은 그 무엇인가 나에게 그 존재를 드러내 보이기 때문이다. 여행은 이 세계를 마주하고 잃어버린 감각을 되찾게 한다. 여행은 그렇게 삶을 가치 있는 것으로 만든다.

죄르지 루카치는 "별이 총총한 하늘이 갈 수 있고 또 가야만 하는 길들의 지도인 시대, 별빛이 그 길들을 훤히 밝혀주는 시대는 복되도다"(『소설의 이론』)라고 했다. 길을 찾는 이의 영혼 속에 타오르는 불과 밤하늘의 별이 본질적으로 동일한 특성을 갖고 있다면 그 세계는 충만한 힘으로 가득할 것이다. 북극성을 보고 방향을 가늠하는 세계가 아니라 영혼과 별이 일치하기에 모든 것이 훤히 보이는 세계다. 그러니까 길을 찾는 것은 이 세계와 동시에 반응할 때 어쩌면 이 세계와 일체가 되었을 때 가능한 일인지 모른다. 그러니 방향을 찾는 것만으로는 길을 찾을 수 없다. 길은 그런 방향을 의미하는 것은 아니다.

떠난다는 것은 이미 지금 이곳을 부정하는 것이다. 이곳이 아닌 다른 곳에서 그 무엇인가를 찾으려 하기 때문이다. 떠나는 자들은 지금 이곳에 아무것도 없다는 것을 오래도록 증명해왔다. 그러나 자기를 찾기 위해 자기를 부정하고 떠날 필요는 없다. 존재하지도 않았던 것은 부정할 수가 없다.

수초와 물이끼와 진흙 냄새를 끌고서 흰 코끼리가 지나가고 나자 그 뒤를 따라 죽은 개가 햇빛 속으로 걸어갔다. 온갖 동물들이 진흙으로 돌아갔어도 사원의 어둠 속에는 비슈누 신이 한 번 꿈을 꾸는 432,000년 동안 줄곧 싱싱하게 썩어가고 있는 박쥐의 배설물이 가득했다. 그것은 태초의 냄새였다. 사람들은 숨 쉬기도 벅찬 한낮의 뜨거운 공기를 피해서 신전에 들어와 잠들어 있었다. 신을 꿈꾸고 있었다. 자기를 창조하고 있었다. 해가 저물면 태초의 어둠 속에서 깨어난 인간이 느릿느릿 그림자 하나를 벗어놓고 사원을 나섰다.

인도인들은 이 세계를 위대한 자가 꾸는 꿈이라고 믿었다.

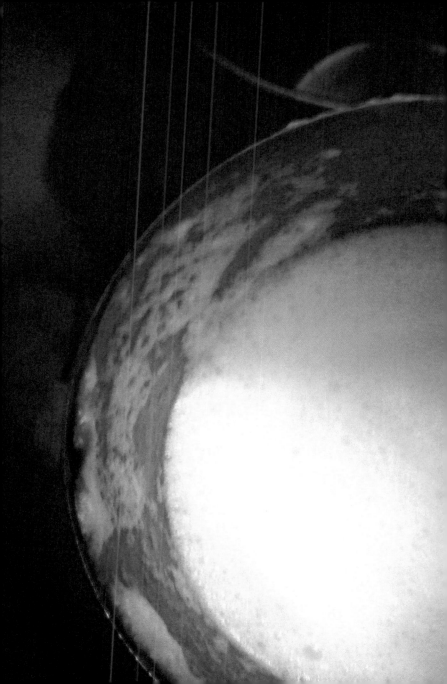

비슈누 신은 영원을 의미하는 뱀 위에 누워서 우주를 꿈꾼다. 그 비슈누가 나를 꿈꾸기를 기다리자. 비슈누의 꿈속으로 내 온 영혼이 빨려 들어가기를 기다려보자. 힌두 사원은 모든 감각을 열어놓고 비로소 꿈을 꾸는 곳이다. 보고 듣고 냄새 맡는 그 모든 것들이 오랜 기억을 일깨우기만을 기다려야 할 것이다. 현실을 받아들이기만 하면 된다. 그리고 이 낯선 현실을 다시 꿈꾸기만 하면 된다.

구전으로만 전해진 오래된 만트라에는 고대의 영적이고 신성한 목소리가 남아 있었다. 떠돌이 가수 바울은 오늘 밤도 진흙으로 빚은 제 심장 뛰는 소리를 들려주고 있을 것이다. 길을 걷다 마주치는 바람과 돌과 그 모든 감각 속에서 나는 태초의 인간을 만나게 될 것이다. 아마도 누군가는 이곳에서 자기 자신을 마주하게 될지도 모른다. 그것이 설령 아무것도 아닌 그저 붉은 먼지라 할지라도.

각 주의 주요 도시를 운행하는 단거리 기차 삽타브디 익스프레스를 타고 보팔로 향할 때였다. 일등칸이라서 그런지 벽면에 전원 단자가 부착되어 있었다. 신문사에 보내야 할 기고문을 쓰기 위해 노트북 전원 코드를 연결하려고 자리에서 일어섰을 때였다. 앞자리에 앉아 있던 인도 남자가 나를 돌아보며 왜 인도를 좋아하는지 물었다.

가장 근본적인 질문은 가장 대답하기 어려운 질문이 되기도 한다. 질문 그 자체를 대답으로 만들어버리는 것은 간혹 난감한 일이기도 하다. 상대가 기대했던 대답을 줄 수가 없었다. 그는 조금 당황한 듯이 미소를 지었다. 당황한 것은 그만은 아니었다. 나 역시 이런 질문을 받아보지 못했기에 어떤 그럴듯한 대답도 준비되어 있지 않았다. 게다가 그 대답을 언어로 만들어낼 수 있는 재간도 없었다. 그는 다시 내게 왜 인도에 왔는지 물었다.

죽으러 왔다고 말할 수는 없었다. 하시시를 피워보려고 왔다고 할 수는 더욱 없었다. 아름다운 아리안 처녀를 만나서 남몰래 사랑을 나누고 싶다고 말할 수는 도저히 없는 것이었다. 구원받기 위해 왔다고 말하는 것은 나조차도 용납하지 못할 대답이었다.

그의 표정은 굳어 있었다. 그는 검은 콧수염을 매만지면서 나를 바라보고 있었다. 내가 이곳에서 무엇을 보았는지, 찾으려 하는지 궁금한 눈치였다. 나는 대답할 수가 없었다. 그러고 보니 내가 쓰고 있는 기고문에도 내가 무엇을 찾고 있는지 그 정체에 대해서는 단 한 줄도 쓰여 있지 않았다. 나는 어떤 말도 할 수가 없었다. 무엇을 찾아서 이렇게 잔인할 정도로 뜨거운 폭염의 나라에 왔던 것일까. 어쩌면 그것은 신이 아니었을까. 신이 만든 것들은 아름다움이었다. 그 아름다움을 건너서야 신과 마주할 수 있지 않을까. 이 멀고도 먼 이국에서 내 안의 어떤 유전자가 오래전에 잃어버린 기억 하나를 떠올리려고 애쓰고 있었다. 그런 생각에 잠기느라 급히 보내야 하는 기고문을 더 쓰지 못하고 있었다. 서울에 있는 기자가 다급해서 문자를 보내다가 전화까지 걸어오고 있었는데도 나는 계속 알 수 없는 생각에만 잠겨 있었다.

'그것은 내가 말할 수 있는 것이 아닐지도 몰라. 내 말을 통해 현실이 되고 물질이 되는 그런 것은 아닐 거야. 나도 모르게 내게서 어느 순간 스스로 드러나는 것일지도. 어쩌면 그런 것일지도. 그렇게 지금이 되고 이곳이 되고 꿈이 되는지도.'

이 세계는 신이 꾸는 꿈이다. 그리고 인간도 신을 꿈꾸며 이 세계를 유지한다. 혹시 인간이 꿈을 꾸는 것은 신이 인간을 만들 때 실패한 결과가 아닐까. 신조차도 이제는 이 세계를 어찌

할 수 없게 되었다. 나는 이 세계를 허구로 만드는 데 내 재능을 탕진하고 있었는지 모른다. 다만 내 꿈이 그러한 자멸이 아니기를 바랄 뿐이었다.

차라리 시체를 뜯어 먹는 개들을 경배하며 더러운 똥물을 벌컥벌컥 들이마시고 싶었다. 그렇게 다시 현실로 돌아오고 싶었다. 살아서 숨을 쉬며 내 심장이 뛰는 소리를 듣고 싶었다. 열차는 아무것도 없는 벌판을 내달렸다. 가끔 물 항아리를 머리에 이고 가는 여자들이 말라붙은 햇빛을 끌고서 걸어가고 있었다.

짐꾼

긴장을 한 것도 그렇지만 무거운 가방 때문에 더욱 힘들었
다. 일행 한 사람이 느긋하게 육교를 내려와 꿀리(짐꾼)에게 품
삯을 치렀다. 그는 맑은 손으로 캐리어 가방을 받았다.

잔시 역을 빠져나가려면 플랫폼에서부터 육교를 건너야 한
다. 기차에서 내린 사람들이 일제히 몰려든 데다 반대편에서
들어오는 사람들도 적지 않아서 커다란 가방을 들고 계단을
오르기가 힘겨웠다. 바닥만 보였다. 어지럽게 지나가는 먼지 묻
은 발꿈치만 보였다. 나는 앞사람이 지나간 흔적을 간신히 따
라붙고 있었다. 이렇게 혼잡한 곳에서 길이라도 잃으면 곤란했
다. 게다가 급한 원고부터 전송해야 된다는 생각에 마음만 다
급했다. 그새 숨이 차올랐다.

철조망으로 된 난간 아래로 플랫폼이 내려다보였다. 겨우 사
람들이 쏠려가는 흐름을 타고 가방을 끌며 육교를 내려갔다.
입구에 굵은 철심을 박아놓아서 기껏해야 자전거 한 대 지나
갈 정도의 공간이 앞을 막아섰다. 가방이 걸리지 않게 한 번
더 힘을 주어 통과하고 나자 그제야 내가 육교를 건너왔다는
사실을 알게 되었다.

먼저 도착한 꿀리들이 다시 왔던 길을 건너가고 또 다른 꿀

리들이 커다란 가방을 어깨에 둘러업고 내려오는 모습이 보였다. 여행자들도 많고 어디 먼 곳에 괜한 걸음을 하는 이들이 있을 리 없으니 대부분 무거운 짐을 들고 있었다. 길 건너 버스 스탠드까지, 가게 앞까지, 골목을 돌아 문 앞까지 짐을 나르기 위해 꿀리들이 서성였다.

"뭐하러 고생을 해."

"얼마 주셨어요?"

기차가 플랫폼에 얼마나 머물러 있을지 모르는 이방인들은 서둘러 무거운 짐을 끌면서 내리고 어디인지도 모르는 곳으로 그저 사람들을 따라갈 뿐이었다. 주위를 잠시 둘러볼 생각도 못한 채 뭔가 기차에 두고 온 것조차 헤아릴 겨를도 없이 무턱대고 앞사람을 놓치지 않으려 애쓸 뿐이었다. 육교 하나 건너면 끝인 것을, 휙 지나가는 순간에 계단 앞에서 잠시 머뭇거리다 끝나버리는 흥정일 뿐인데 무슨 잔꾀가 끼어들 수 있겠는가. 얼마면 또 어떠한가. 꿀리에게 몇 배를 더 지불한다고 해서 뭐가 그리 큰 손해이겠는가.

팔뚝에 앙상한 근육이 돋아난 사내들이 빠른 걸음으로 육교를 오갔다. 몸 하나만으로 사는 사람들이었다. 몸이 고되어야 하루를 건너갈 수 있는 사람들이었다. 무거운 짐을 내려놓고 나면 아무것도 할 수 없는 그런 사람들이었다. 제 몸이 무거워야 기쁜 사람들이었다.

몸이 좀 편하자고 돈 몇 푼 쓰는 것이 아니다. 그런 것도 모르고 얼마를 주었느냐고 셈을 하고 있었으니, 나는 참 어리석은 사람이었다. 인도에 오면 또 바보가 되고 만다. 그런 생각에 나는 더 굵은 땀을 흘리고 있었다.

"돈은 이럴 때 써야지."

위험한 이방인

보팔 시내를 돌아볼 때쯤 델리에서 다급하게 전화가 왔다. 인도 전역에서 총파업이 벌어지고 있으니 특히 주의하라는 내용이었다. 외국인에 대한 적개심이 자칫 우발적인 폭력으로 드러날지 모른다는 경고였다.

그래서인지 거리는 휴일처럼 한가했다. 대부분의 상점들이 문을 닫았고 지나다니는 사람도 그리 눈에 띄지 않았다. 먼지를 날리며 시끄럽게 달리던 오토바이도 보이지 않았다. 이슬람 사원에 들어갔을 때 인도인과는 달리 무슬림 아이들은 사진 찍는 것을 극도로 싫어했다. 오늘따라 일부러 그러는 줄 알았다.

"찍지 마."

산치에서 만났던 인도인들은 오히려 자신의 사진을 찍어달라고 먼저 다가서곤 했는데 무슬림 아이들은 전혀 다른 반응을 보였다. 산치는 불교 유적지라 인도인들이 자주 찾는 곳은 아니지만 동네 아이들과 몇몇 방문객들이 함께 사진을 찍자고 몰려들 정도였다. 인도인들은 사진 찍히는 것을 참 좋아했다. 아마도 자신에게 관심을 보이는 것으로 여기는 듯했다.

아이들이 공부하는 교실이 사원 안에 있었다. 외국인을 보

자 아이들이 소란스러워졌다. 선생이 교실 앞에 나와서 방문자들에게 가까이 오지 말라고 했다.

"얘들이 오라고 해서 온 거예요."

장난기가 다분한 몇몇 아이들이 손짓을 해서 다가갔더니 이런 일이 생겼다. 선생은 그제야 알았다는 듯 겸연쩍은 미소를 지었다. 그래도 아이들의 공부를 방해한 것은 분명했다.

이슬람 사원은 누구나 들어갈 수 있도록 개방되어 있었다. 그러나 이곳에서 나는 불쾌한 방문자에 불과했다. 그저 구경하러 왔을 뿐이었다. 뭔가 싶어 들여다보고 있을 뿐이었다. 사원 안에서 고요히 코란을 읽는 이들에게 방해가 될 줄은 미처 헤아리지 못했다.

최신형 스마트폰을 보자 아이들이 신기한 듯 몰려들어서 자신의 휴대전화도 꺼내 보였다. 아이들은 서로 비교하며 흥미로워했다. 멀리 교실 앞에 서 있는 무슬림 선생의 표정이 굳어 있었다.

사원을 나와 보팔 시내가 내려다보이는 힌두 사원에 들어갔을 때 누군가 제단에 신발을 신고 올라가려다가 먼저 참배를 드리던 인도인에게 제지를 당했다. 신발을 신고 제단에 오르는 것은 불경한 일이었다. 이런 무례가 적개심을 불러일으킬까 잠시 걱정이 되었다. 한 나라의 문화에 대한 이해가 부족한 경우 자칫 불경한 일이 벌어지곤 한다. 외국인을 경계하는 것은 대체로 이런 경우가 허다하다. 오랫동안 유지해온 삶이 한순간 흔들리는 것을 바라는 사람은 없다.

총파업 때문에 잔시로 가는 열차가 제시간에 도착할지 의문이었다. 다행히도 열차는 늦지 않고 도착했다.

"행운이 따른 거야. 시바 신께서 축복을 내렸나 보군. 그리 알라고."

델리에서 다시 연락이 왔다.

한 걸음 뒤로

되돌아가서

아이들 몇이
내 손을 잡아주었다

어디서들 알고 몰려왔는지 북 치고 물구나무를 서는 아이들이 내 앞을 가로막았다. 갓난아이를 옆구리에 매단 아낙네들이 낙엽처럼 몰려들었다. 고대 경전에 쓰인 산스크리트처럼 여기저기서 마른 진흙 덩이들이 팔을 뻗었다.

아무리 그래도 이 덧없는 시간은 사라지지 않는다. 한 손에 든 불꽃이 영원토록 타올라도 태울 수 없는 허공만 드러날 뿐이다. 이 악착스런 현실은 사라지지 않는다. 살아 있다는 것은 한 끼니의 배고픔에 끌려다닐 뿐이다. 살아 있다는 것은 이렇게 두려움뿐이다. 간절함뿐이다.

빈 손바닥들이 자꾸만 늘어났다. 등 쪽에서 또 어깨 위로 한순간 수없이 많은 팔들이 솟아났다. 여기저기서 구릿빛 햇살이 아무것도 들고 있지 않은 빈 손바닥들이 허공을 찢으며 내 앞에 나타났다.

그러나 오르차에 오자 구걸하는 이는 보이지 않았다. 대신 사원 앞의 바자르에서부터 아이들 몇이 내 젖은 허리춤에 매달렸다. 아이들이 자기 손목에 차고 있던 팔찌를 내 손목에 끼워주었다. 북적거리는 시장을 빠져나와 소들이 느릿느릿 걸어오는 길을 따라갔다. 먼 길 가다가 아예 나무 그늘 아래 오래도록 눌러앉은 사두가 눈을 지그시 감고 있었고 노천 이발소에서 머리를 자르는 남자가 거울에 비친 낯선 이방인들을 흘끗 쳐다볼 뿐이었다. 아이들과 강렬한 햇빛만이 계속 나를 따라오고 있었다.

먼발치에서 강물 냄새가 났다. 보팔, 잔시, 그리고 길가의 먼지처럼 내려앉아 있던 작은 마을들을 지나서 강은 내가 앞서 지나온 곳들을 다시 천천히 흘러오고 있었다. 잠시였지만 한 발씩 겨우 강에 담그고 나자 내 걸음에 비릿한 물이끼가 끼었다. 늙은 독수리가 망령처럼 지키고 앉아 있는 무덤들이 지는 해를 기다리고 있었다.

개들은 꼬리를 둥글게 말고 잠들어 있거나 딱히 바라는 것도 없이 무심코 어슬렁거렸다. 죽은 자의 옷을 입고 마을에서 함께 살 수 없는 찬달라의 재산 목록에서조차 이제는 찾아보기 어려운 떠돌이 개들이었다.

개들은 짖지도 않았다. 낮에는 골목 구석에 자리를 잡고 잠깐씩 인기척에 졸린 눈을 뜨거나 주둥이를 다시 둥글게 만 꼬리 속으로 파묻을 뿐이었다. 둘러보더라도 할 수 있는 것은 아무것도 없었다. 짖어본들 별수 있겠는가. 개들이 짖지 않는 것

은 지켜야 할 게 없기 때문이었다. 쓰레기통 속의 먹이도 제 아
늑한 집도 아무것도 없기 때문이었다.

오랜 비바람과 한낮의 태양과 박쥐와 이 모든 것들이 천장
에서 떨어져 내려 썩은 배설물들이 한없이 무거운 시간 속으로
쌓이기 시작했다. 나는 석양을 향해 서툴게 웃고 있었다. 찬란
하게만 저무는 황금빛 사원 뒤로 한순간 무엇인가 빨려 들어
가는 것 같았다. 갑자기 끈적끈적한 땀 냄새가 났다. 아이들이
내 손목을 꼭 잡고 있었다. 마치 내가 저 석양과 함께 사라지는
것을 잡아주기라도 하듯이 아이들이 내 손목에 매달렸다.

해가 지고 어두워지면 정말 아무것도 보이지 않게 되면 개
들은 하나둘 소리 내어 울기 시작했다. 사람들을 피해 그 지긋
지긋한 울음소리로 밤에만 온 동네를 돌아다녔다. 버려진 개들
은 그때만 잠시 자기가 늑대라는 것을 깨닫는 듯했다.

누런 해가 지고
검은 달이 차오를 때

강물이 더럽다고들 하지만 그러기 위해서 강은 더 멀리 흘러야 했으리라. 살아서 지은 죄를 다 씻어내리려면 강은 세상 온갖 곳을 바닥까지 쓸며 흘러야만 했으리라. 나뭇가지와 바위와 거친 물살에 찢겨 부르튼 발바닥이 그렇게 강물에 떠내려가고 있었다. 물살에 씻어낸 것들이 진흙 덩이 속에 가라앉았다가 떠오르고서야 강물은 더 멀리 흘러갈 수 있을 것이다.

바닥을 치고 가라앉지 않은 죽음은 그대로 물밑을 흘러서 하구까지 떠내려간다는데 세상에서 가장 슬픈 일을 말하라면 나는 주저 없이 저 떠오르지 않는 죽음을 가장 먼저 떠올릴 것이다. 모래 둔덕에 끌어올려져 성난 개들에게 물어뜯겨도 바닥을 치고서 떠오르는 것이 있다. 그 얼굴로 햇빛 속에서 찬란하게 마지막으로 한 번 더 찢겨야 할 것이 있다.

베트와 강에 그림자 하나가 물살에 밀려 떠내려 왔다. 누가 빨래를 하다 잊고 갔는지 젖은 얼굴 하나가 바위틈에 끼여 있다가 밤새 내린 빗물에 쓸려 흘러오고 있었다. 검은 개가 마른 혀를 적시던 물살이 흘러오고 그림자 하나가 그 뒤를 따라서 느릿느릿 흘러왔다. 구름이겠거니 하고 그런 그림자를 들여다보는 사람은 없었다. 이제 막 스쳐 지나간 그림자를 들여다보

고 있으면 내 그림자도 발목을 놓치고 함께 흘러가는 것 같았
다. 지난밤 어디선가 들은 이야기가 또 흘러왔다. 별을 기다리
다 잠을 놓친 이의 잃어버린 꿈이겠거니 싶었다. 물살에 떠내
려 오는 그림자를 보고 있으면 이 외진 곳에서조차 숨을 수 있
는 것은 없었다.

　붉은 꽃잎이 강물에 떨어져 흘러갔어도 한참을 햇빛 아래
그늘 한 점 겨우 내려놓을 뿐이지만 꽃 한 번 피워본 바 없이
도 지는 석양의 뒤를 다시 허물어 아름다운 그런 곳이 있다. 몇
해를 지나고 나야 내걷던 걸음도 멈춘 채 문득 알게 되는 그런
마음처럼 서쪽으로 한없이 길게 저물어가는 마을이 있다. 오
르차는 그런 곳이었다. 그 이름처럼 숨어 있는 곳이겠지만, 그
래서 고요한 발걸음들이 모이는 곳이겠지만, 강물을 따라 이
세상 모든 것이 다 흘러들어오고 흘러나가듯이 어떤 이는 잠
시 지나가기 위해서 일몰을 바라보고 있었을 것이다. 왕조는
몰락했고 여행자들은 저마다 자신의 기억을 떠올리며 이 작은
마을을 지나간다.

　한때 아름다운 춤을 추던 무희들의 새하얀 발목 대신 맑은
햇빛이 석단 위에 빛나고 있었다. 제항기르마할의 돌창살은 바

라다보는 이의 마음만을 세워놓을 뿐이었다. 이 버려진 궁전에 사는 원숭이들이 느닷없이 달려들지만 않는다면 그 마음을 헤아리느라 오래 서 있어도 괜찮을 것이다. 강물을 놓아주고 고요히 석양이 지는 동안 내가 지나온 세상 같은 것은 다 잊고 홀로 어둠 속에서 아름다울 수 있다면 그것은 오르차에 왔기 때문일 것이다.

강가에서 돌아온 독수리들이 젖은 석양을 털어내며 가만히 저녁의 무릎 위에 내려앉았다. 바람을 거슬러 가지도 않았는데 나는 오래 사라진 사람이었다. 전나무 숲과 안개구름 사이로 걸어 들어간 해질녘의 어느 걸음이 제 어깨를 떨며 우는 소리를 어느새 나는 잊었다. 내 눈이 무엇과 맞닿아 구름 너머 멀고 아득하게만 넓어지는지 나는 나를 따라서 어딘가로 건너가고 있었다. 다급하게 쫓아가서는 뒤에서 잡아챌 좁은 어깨마저 남기지 않은 채 사라지고 없는 나를 또 나는 건너가고 있었다.

하루 종일 구름이 염소 떼를 몰아 구릉을 넘어가는 것도 몰랐다. 저녁 아궁이 속에 쌓인 잿더미를 뒤적이듯 저무는 태양 아래 이제는 내가 쓰지 않는 말들을 가만히 적어두었다. 마른 사질토에서 어린잎은 싹을 틔우고 아무렇게나 내버려두어도

좋을 저 비탈진 언덕에 둥근 달은 다시 차올랐다. 그러나 또 깊은 밤은 뱀이 지나간 자리처럼 내게 진흙 냄새를 풍기며 다가왔다.

밤의 신전은 서늘했다. 입구마다 종이 매달려 있었다. 누구나 제 머리 위의 종을 치며 귀를 열기 시작했다. 찬가가 회랑 안에 가득 울려 퍼졌다. 그 끝에는 카일라스의 신성한 봉우리가 솟아 있었다. 등불과 아라티가 붉은 눈을 떴다. 향과 버터기름의 탄내가 온몸에 스며들고 가만히 모았던 두 손에 뜨거운 열기가 휘감겼다. 한 줌 손바닥 위에 축복의 음식 프라샤드를 받았다. 진흙 구덩이 속의 뱀처럼 굳은 혀끝이 깨어나면 그제야 자궁 안에 웅크려 있는 태아의 마지막 감각을 느끼게 될 것이다. 그것을 느꼈다면 당신도 울고 있을 것이다.

가만히 두 눈을 감으라 했다

어둠 속으로 들어가

자리를 틀어 앉으라 했다

길고 미끄러운 꼬리가 허리를 감아왔다

한 마리 뱀이 어둠 속으로 돌아갔다

수풀 속에서 울부짖던 것들이

고개를 내밀다 지나갔다

밤이 되자

오래 굶주린 것들이 기어 나왔다

비린 살냄새가 풍겨왔다

두 눈을 뜨라 했다

내처 삼켜버리고야 말았던 말들이

검게 갈라진 혀끝이 바짝 타들어갔다

누런 해가 지고 검은 달이 차올랐다. 사원도 나도 어느 눈부신 발목도 이미 오래전에 사라졌다. 수풀 속에서 오래 굶주린 것들이 누런 이빨을 드러냈다. 한때 힘차게 뱀이 기어오르던 기둥과 지붕이 한갓 붉은 먼지로 내려앉고 나자 다시 어둠만 남았다.

진흙 정원

누런 똥물이 흘러왔다. 그래도 한낮의 강은 고요하게 흘렀다. 좁은 다리를 건너갔다가 발바닥에 물이끼가 낀 채로 다시 돌아와서 가트에 앉아 있었다. 느긋이 바라보면 강물은 에메랄드 빛이 낮게 내려앉은 듯했다. 언젠가 이렇게 앉아서 먼 곳을 바라볼 때가 있었다.

내게 하얀 이어폰을 건넨 이가 있었다. 제 귀에서 이어폰 한쪽을 빼어 내게 건네주었다. 시멘트 계단에 걸터앉아서 아무도 지나가지 않는 맑은 햇빛 속을 함께 바라보고 있었다. 이어폰 한쪽을 귀에 끼고 있으면 음악은 몇 걸음 뒤로 걸어가 멈춘 듯했다. 무엇인가 뒤돌아선 듯이 음악은 멀리서만 들리는 듯했다. 이어폰 한 짝을 서로 나눠 끼고 앉아 있으면 모든 감각은 안으로만 되돌아오는 것 같았다.

내게 이어폰을 건넨 이의 맥박이 가느다란 선을 따라 떨렸다. 나는 어찌할 줄 몰라서 들리지 않게 파란 숨을 들이쉬고 멀찍이 드리워진 유칼리투스 그늘만 건너다보았다. 그래도 어디선가 멀리서 작고 둥근 근육이 오그라들었다가 이내 이완되는 소리가 들려왔다. 점점 내 심장도 가까스로 그 박동에 맞추어 뛰기 시작했다.

내 귀 한쪽에 누가 햇빛처럼 하얀 귀를 대고 있었다. 나에게 가만히 한 걸음 다가서는 이가 있었다. 그 걸음을 따라 나도 한 걸음을 내디뎠다. 그때 음악이 들리기 시작했다. 담장 아래 눈꺼풀이 무거운 그늘을 데려와서 그녀의 무릎 위에 가만히 올려놓았다. 그녀의 한쪽 귀가 햇빛 한 자락처럼 내 어깨에 기대어 있었다. 나도 그녀도 그대로 둥근 햇빛이 되어 있었다.

어느덧 내부가 사라지고 있었다. 푸른 실핏줄 같은 더듬이가 자라나서 한쪽 어깨를 건너가고 있었다. 그때 나는 숨 쉬는 것조차 잊고 있었다. 파란 허파가 아직 남아 있었는지 갑자기 숨이 막혀왔다. 다시 사라졌던 내부가 만들어지고 있었다. 숨을 쉬고 있었다. 다 지나간 일이었다.

밤의 골짜기를 헤매다가 깨어나면 다른 얼굴이 하나 태어날 것이다. 젖은 냄새가 날 것이다. 가장 낮은 가슴 밑바닥에서 울컥 뱀 한 마리가 목구멍을 타고 넘어올 것이다. 강가에서 돌아와 나는 밤새 취했다. 허구를 지워버리고 다시 깨어나기 위해서, 죽음을 받아들이지 않으면서 죽음을 건너가는 것처럼, 내 온몸에 포도나무 넝쿨이 칭칭 휘어 감긴 듯이, 다시 깨어나 바짝 타들어가는 갈증을 느낄 수 있도록.

그렇게 밤새 진흙 정원을 헤매고 다녔다. 고름투성이 똬리를 튼 비릿한 뱀이 온몸을 감으며 귀밑까지 기어 올라왔다. 등줄기를 넘어 한쪽 어깨 위로 올라서서 내 마른 귀밑에 검은 혓바닥을 날름거렸다. 그런데 그 뒤를 따라 또 한 마리 뱀이 구붓이 고개를 치켜드는 것이었다. 내가 잠든 사이 내 몸 어느 구석에선가 한차례 가느스름히 몸을 휘어 감고 뒹굴다가 뱀이 알을 낳았는지 어디선가 알 수 없는 서느런 내가 났다.

새벽 푸른 공기를 타고 귀밑으로 기어나가려던 것이었을까. 어디서 들러붙었는지는 몰라도 귀밑을 슬그머니 기어서 때를 기다렸던 게지, 달이 차오르기를. 귀는 자궁 속에 웅크린 태아의 모습과 닮았다지. 내 등줄기에 그어진 몇 가닥 가는 채찍 자국처럼 힘겹게 숨을 몰아쉬며 뱀이 들러붙어 있었다.

이 흉물스런 뱀을 내 흉곽에 가두어두기로 했다. 왼쪽 귀밑에 은귀고리를 하나 달았다. 때를 놓친 저놈의 뱀이 바짝 독이 오른 턱을 치켜들고 쉬르르 쉬르르 가슴을 조인 채 타는 제 혓바닥을 날름거릴 때 투박한 풀피리 소리에 홀려 퉁퉁 부어오른 귀밑에 작은 귀고리 하나가 흔들리고 있었다. 혀끝 타는 몸부림에 무엇인가 대가리를 쳐들기 시작할 때면 어김없이 귀밑에 울려오는 이 금속성의 떨림으로 나는 깨어나고 어느덧 나는 어둠에 휩싸였다.

타다 만 그을음을 조금씩 잡아당겨 한 점 고요한 불꽃으로 심지를 낮추면 검은 혓바닥을 감추듯 다시 등 뒤로 내려가는 두 마리 뱀의 그림자를 언뜻 볼 수 있었다. 불꽃으로 타오르며 사라지는 비밀스런 문장처럼 나는 그들이 주고받는 어떤 말들을 옮겨 적으려고 했다. 누렇게 벌거벗은 알몸뚱이처럼. 새벽처럼.

내가 진흙 정원을 헤매고 다니는 동안 어디선가 이상한 목소리가 들려왔다. 버려진 사원에서 박쥐들이 눈을 뜨고 깨어났다. 싱싱하게 썩어가는 어둠의 냄새였다. 몇천 년을 굶주려 온 텅 빈 울음이 수풀 속에서 길게 목을 쳐들고 있었다. 진흙 뱀 한 마리가 내 허리를 스쳐 갔는지 서늘한 그림자가 정원의 안쪽으로 사라지고 있었다. 나는 두 눈을 잃고 정원의 어둠 속으로 걸어 들어갔다. 다시 깨어날 수 없다는 것을 그때 알았다. 그렇게 정말 나는 죽어 있었다.

밤이 되자 먼 곳이 더 훤히 건너다보이는데도

그 어떤 말조차 건너가지 못하고

어떤 다른 말이 되어

되돌아올 수도 없는 것이어서

그게 두려워서 밤이라서

뱀은 운다

한껏 목을 추어올릴 뿐

자기가 뱀이라는 것을 거듭 확인하고서야

그제야 우는 것을 멈춘다

할 말을 잊은 듯 귀만 남아서

끊임없이 반복되는 그런 말이 있어도

안으로만 소용돌이치는

젖은 귀만 대신 남게 되어서 그래서 문득

한갓 진흙 덩이로 되돌아왔을 뿐이라고 생각하자

뱀은 힘없이 또 울어댄다

울다 보면 자기를 잊게 될지도 모른다고 그렇게 울어댄다 어떻게 다시 내가 두 눈을 뜨게 되었을까. 나는 깨어났다. 두 눈을 뜬 채로 나는 창가를 건너다보고 있었다. 귀밑에서 진흙 냄새가 났다. 어제 머리맡에 놓아둔 붉은 꽃잎이 시들어 있었다. 작은 창문으로 햇빛이 비쳐들자 문득 허기를 느꼈다. 햇빛을 그대로 받아먹고 싶었다. 목젖에 걸려 차마 말이 되어 나오지 않던 굵은 가시가 햇빛에 녹아 서서히 내 몸 안으로 흘러들 것만 같았다. 밤새 피 냄새를 맡고 수풀 속에서 으르렁거리던 개들이 아침 그늘 속으로 사라졌다.

같은 노래를 두 번 부르지 않는다,
바울

어느 교도소에 시를 가르치러 간 적이 있었다. 가르친다기보다는 함께 시를 나눠보려고 했다. 어떤 시를 읽고 있으면 수인들이 고개를 푹 숙이며 눈물을 흘린다고 해서 나도 그런 시를 한 편 골라봤다. 어떤 슬픔이 참회에 이를 것인가. 시는 그렇게 마음을 치고 들어가 맑은 눈물로 뜨겁게 흘러내릴 것이라고 생각했다. 물론 남의 시를 가져갈 이유는 없었다. 그것은 나의 이야기가 아니었기 때문이다. 내가 알지 못하는 시를 놓고 서로 모르는 이들과 교감을 할 수는 없었다. 그래서 내가 쓴 시를 골랐다.

다들 이게 뭔가 싶은 표정이었다. 얼굴에 감정의 변화가 전혀 드러나지 않았다. 실은 그러리라 짐작했다. 처음 만나서 무슨 교감을 나눌 수 있겠는가. 나보다 젊은 청년들도 있었고 벌써 현역에서 은퇴했어야 할 분들도 보였다. 직장에서 한창 일해야 할 장년층도 보였다. 눈매가 예사롭지 않은 한 청년은 그러나 몇 번 나와 눈이 마주치는 동안 오래전에 잃어버렸던 어떤 얼굴로 다시 돌아오고 있었다. 그때였다. 누군가 손을 번쩍 들고 질문을 했다.

"강사님은 자신의 시를 외우고 있습니까?"

몇 번 말문을 트려고 가벼운 질문을 해보았지만 별다른 대답을 얻지 못한 상태로 겨우겨우 내 이야기를 끌고 가고 있을 때였다. 느닷없는 질문이었다. 아마도 시에 대해 가진 가장 큰 의문이었으리라.

"아니요. 전 제가 쓴 시를 단 한 편도 외우지 못해요. 아니, 외우지 않아요."

자신이 쓴 시조차 외우지 않다니, 다들 의아한 표정이었다.

"오래전에 학교 다닐 때 늘 시를 암송했지요. 그러나 그게 썩 좋은 방법 같지는 않아요. 시를 외우고 나면 그 시를 보다 깊이 이해할 것 같지만 실은 그렇지 않아요. 오히려 자기가 외운 시를 달달 입으로만 발음할 뿐이지요. 그저 따라서 하는 것이지요. 시는 그런 게 아니라고 생각해요. 시는 늘 새롭게 읽혀야 하거든요. 그래서 시를 거듭 읽을 때마다 마치 처음 보는 듯 새롭게 느껴지는 경우가 있습니다. 아마도 시를 외우고 나면 시의 다른 모습이 보이지 않을 것 같아요. 외워버리고 나면 그뿐입니다. 그래서 저는 제 시를 외우지 않아요. 한번 외우고 나면 그 시에 사로잡혀서 또 다른 시를 쓰지 못할 거예요. 인도에 바울이라는 떠돌이 악사들이 있어요. 그들은 평생 같은 노래를

두 번 부르지 않는다고 해요. 늘 자신의 노래를 새롭게 부르지요. 우리의 삶이 멈춰 있지 않고 늘 다르게 변화하듯이 시도 노래도 삶의 매 순간처럼 끊임없이 다르게 쓰이고 불리는 것이지요."

시를 외울 필요가 없다고 하니, 다들 얼굴이 환해졌다. 뭔가 불편한 숙제 하나를 해결한 듯한 표정들이었다. 그렇게 서로 말문이 조금씩 열렸다. 그리고 나는 그들이 쓴 시를 하나하나 읽었다. 별을 소재로 한 시였다. "젠장! 또 달고야 말았다, 별" 이런 시구가 나올 때는 다들 활짝 웃었다. 자신의 삶을 시로 쓰고 함께 읽으면서 그제야 웃음이 터져 나오기 시작했다. 자기의 이야기가 아니면 그 어떤 것도 다 소용없는 것이리라. 자기의 가슴을 치고 가는 것이 아니라면. 그러니 자기의 이야기를 해야 한다. 그 이야기를 서로 함께 나눌 수 있어야 한다.

밤새도록 노래를 부르며 새벽에야 겨우 잠들던 바울을 만난 적이 있었다. 그들은 끊임없이 노래를 불렀다. 한 사람이 부르다 지치면 다른 이가 이어받아 노래를 부르기 시작했다. 북을 두들기고 한 줄짜리 엑타라를 치면서 노래 불렀다. 마른 목을 축이고 쓰디쓴 잎담배를 피우면서 다음 날까지 밤이 지나가듯이 어둠이 새벽으로 이어지듯이 그들은 노래를 불렀다.

단 한 번도 그들은 같은 노래를 반복해서 부르지 않았다. 그들은 몸 안에 노래를 가두어놓지 않았다. 그 어떤 말도 장단도 고여 있지 않았다. 신을 찬미하는 것은 언제나 새로워야 한다. 내 삶이 늘 변화하듯이 이 세계가 달라지듯이 비가 내리고 강물이 흐르고 또 다른 강물과 만나서 더 멀리 흘러가듯이 바울은 늘 다른 노래를 불렀다.

노래는 이 세상에 신을 부른다. 가장 나이 많은 이가 홀로 일어서서 노래를 부르고 온갖 악기를 하나씩 들고서 사람들이 그를 둥글게 에워싸고 앉아 있었다. 가량가량한 노인이 홀로 일어서서 고개를 조금 치켜들고 노래를 부르고 있었다. 숨결에 맞춰 울려 나오는 노래는 낮고 구성졌다. 신을 찬양하고 자신이 살아온 이야기와 살아가야 할 내일에 대해 노래하고 있었다. 그 한가운데 악사들이 둥글게 모여 있었다.

다 지워버리고 남은 나를

　'자가트^{jagat}'라는 산스크리트는 이 세상을 의미하는 말이다. 변화한다는 뜻이다. 나고 자라서 죽는 것들뿐만 아니라 모든 것들이 이러한 이치를 벗어날 수가 없다. 그러나 인간은 시간이라는 한계성을 벗어나려고 한다. 신은 불변의 세계에 살고 있다. 인간은 결국 신을 꿈꾼다. 신에게 돌아가려고 한다. 우파니샤드에서 "모든 것은 신으로 덮여 있다"고 노래한다. 영원하지 않은 진흙 세상에도 신은 도처에 있다. 꿈을 꾸기 때문이다. 인간이 꿈꾸는 곳에 신이 있는 것이다. 그러니 이 세상은 변하지 않는 꿈으로 이루어져 있다. 변하지 않는 것은 변하는 것들에 의해서 충족된다. 신이 이 세상을 꿈꾸지만 인간이 신을 꿈꾸지 않으면 신도 이 세상을 꿈꾸지 못한다. 인간의 꿈은 이 세상을 신의 세상으로 다시 창조한다.

　　아무렇게나 깊은 우물 속에 내버려졌어도

　　달빛이었는지 아니면 목덜미 아래

　　젖은 어깨를 스치는

　　한 줄기 바람이었는지

사람들의 말 속에서 다시 태어나는 것이 있다

입에서 입으로 전해진 노래는

바닥에 떨어지지 않는다

누가 못질을 해서

어둠 속에 내어 걸었다 하더라도

녹물 흘리던 별들은

오래전 사라지고 남은 기억일 뿐이지만

사람들 숨결에 실려 이어온 낮은 노래는

누군가의 저녁 기도가 되고

이렇듯 삶이 되었다

한 번도 그 어딘가에 매달려 있지 않았으므로

단 한 번도 스스로 높은 곳에 오른 바 없으므로

성스러운 노래는 단 한 번도 땅에 떨어진 바 없이 이렇게 입에서 입으로 태초의 숨결을 전하고 있다. 나는 길거리에서 구전된 노래를 들었다. 태초의 유전자를 그대로 간직하고 있는 오래된 땅에서 한 자락의 노래는 아득한 처음의 숨결을 간직하고 있었다. 내 안에 내가 있다. 신이 나를 꿈꾸는 모습으로 내가 있다. 나는 신이 꾸는 꿈이다. 나는 신을 꿈꾸는 자신이다.

"신은 어디에 있는가?"

"네 안에 있다."

"나는 어디에 있는가?"

"신이 너를 꿈꾸는 그곳에 있다."

"신을 찾으려면 어떻게 해야 하는가?"

"네가 신을 꿈꾸면 된다."

나는 형언할 수 없는 말이다. 그러나 나를 찾지 못하면 신도 찾을 수 없다. 신은 나를 꿈꾸고 나는 신을 꿈꾼다. 나는 없는 말이다. 없어서 말이 되지 않은 게 아니라 없어서 말이 되어야만 하는 허공이다. 우파니샤드는 영원하지 않은 것으로 구한 것은 영원한 것이 아니라고 한다. 나는 무엇으로 세상을 꿈꾸었을까. 내 지난날이 한순간에 모두 떠올랐다. 조금 더 내 길을 가도 괜찮으리라 생각했다.

자기를 찾는다는 것은 무엇일까. 우파니샤드에 의하면 자기라는 범주를 지우는 것이다. 자기라는 것은 무수한 관계 속에서 존재한다는 말이다. 내가 만약 그 관계를 스스로 벗어나려고 했다면 그 안에서 태어난 자기를 견뎌낼 수 없었기 때문일 것이다. 자기를 지워버리고서 살아갈 수 있는 사람은 없다. 그러나 자기를 지우는 사람은 언제나 있다.

자기를 찾으려면 자기라는 범주를 벗어나야 한다. 자기를 지워버려야 한다. 내가 붙들고 있었던 것들을 놓아주기는 쉽지 않다. 내게 재물과 권세가 없으니 내가 지워야 할 것은 내 마음뿐이었다. 나를 부정하는 것은 결코 쉽지 않은 일이다. 하지만 그렇게 하지 않으면 가장 먼저 나를 잃게 될 것이다.

시선이 닿는 거리는 한정되어 있지만 한순간 아무렇지 않게 망각해버린 것들은 거의 무한에 가깝다. 선을 긋고 그 양 끝을 잡아당겨서 뒷짐을 지고 나면 하나의 범위가 생긴다. 그 안쪽은 숨기에 좋은 자리다. 하지만 그곳에는 자기가 없다. 눈앞에 찬란한 빛을 거두고 나면 그 자리는 가장 어둔 세계다.

사랑할 때 가장 먼저 태어나는 것은 누군가를 사랑할 수 있는 자신이다. 나는 홀로 중얼거렸다. 어쩌면 아직도 나는 나를 기다렸을 것이다. 다 지워버리고 남은 나를.

길이란
어디로든 이르러야 길이다

괄리오르로 가는 길은 눈부셨다. 검은 아스팔트마저도 잿빛으로 보일 정도였다. 햇빛 속을 한참 달리고 있었는데 버스가 갑자기 차선을 바꿨다. 그러자 왼쪽 차선으로 대형 트럭 한 대가 획 지나갔다. 도로 한가운데 중앙선을 따라 가드레일이 설치되어 있는 길이었다.

"역주행이에요."

나는 놀라서 소리쳤다.

"인도에서는 어느 쪽으로 가든 상관없어요."

도로 사정이 완벽하지 않기 때문인 것 같았다. 다른 길 어딘가에서 이 길로 들어설 때 반대편으로 건너갈 수 없는 경우가 있을 것이다. 그럴 때 역주행을 할 수밖에 없다. 운전자가 주의하지 않으면 큰 사고를 피할 수 없다. 그래도 이미 이런 일에 주의를 하고 운전을 하는 모양인지 그리 신경 쓰지 않는 눈치였다.

그러고 보면 원래 길이란 왼쪽과 오른쪽이 없다. 가다가 잘못되었으면 되돌아오는 게 길이다. 한 방향으로 그대로 가야만 하는 게 길이 될 수는 없다. 길이란 어디든 갈 수 있어야 한다.

초보 운전자들 사이에 떠도는 농담이 있다.

"이러다가 판문점 넘어가는 거 아니야?"

차선을 바꾸지 못한 채 갈림길에서 다른 길로 갈아타지 못한 운전자가 목적지도 아닌 부산까지 내려갔다가 다시 되돌아오는 경우처럼 어설픈 운전 실력을 드러내는 상황을 비꼬는 말이다. 달리는 것은 쉽다. 차는 그렇게 만들어졌기 때문이다. 그러나 차는 세우는 것이 가장 어렵다. 달려야만 하는 도로 위에서 차를 세우는 것은 위험한 일이다. 어디로 가야 할지 머뭇거리다가는 분명 사고를 면치 못한다.

나는 이런 세계에서 살아왔다. 한번 들어서면 결코 빠져나오지 못하고 그대로 한 방향으로만 가야 하는 곳에서 나는 오래도록 살아왔다. 길은 가다가 멈추고, 생각하고, 잠시 쉬었다가 다시 되돌아올 수 있어야 한다. 길은 어디로든 이를 수 있어야 한다. 그러나 길 위에서 멈출 수는 없다. 어떤 다른 생각을 따라서 갈 수가 없다.

언제부터인가 길을 찾는 것이 쉽지 않았다. 나도 한때는 초보 운전자였다. 차선 하나를 잘못 타서 과천대로로 들어서지 못하고 인덕원으로 빠진 적이 있었다. 고속국도를 타고 그대로 달려가다가 내가 아는 곳에서 국도로 빠져나오면 길을 찾을

수 있었지만 인덕원을 지나 안양 방향으로 들어선 나는 그 어둠 속에서 길을 잃고야 말았다.

그때 내가 들은 말은 나를 비난하는 소리였다. 길 하나도 제대로 못 찾느냐는 말은 그 이후로도 줄곧 길에 대한 두려움을 갖게 했다. 복잡한 길에서 제대로 길을 찾는 일은 결코 쉽지 않았다. 잘못 들어선 길에서 바른 길로 다시 찾아 들어가는 것은 생각만큼 그리 수월한 일이 아니었다. 그게 어찌 운전하는 일에만 국한될 것인가. 살아가는 모든 일이 그러했다. 잘못된 선택도 실패도 불행도 모두 길을 찾지 못해서 벌어진 일이었다. 당연히 길을 찾지 못하는 것은 비난을 받을 수밖에 없었다.

언젠가 원로 선생님 댁에 찾아뵌 적이 있었다. 육성으로 시를 녹음해야 되는데 바깥출입이 쉽지 않을 정도로 연로하셔서 직접 찾아뵙기로 했다. 그간 대치동에 갈 일이 없어서 혹시나 대중교통을 잘못 이용했다가 늦을 것 같아 차를 몰고 갔다.

"우린 기운이 없어서 대접도 잘 못해드려요. 서재에 계시니 이리 들어가 봐요."

찾아오느라 수고했다고 커다란 의자에 앉아서 선생님이 맞아주셨다. 거동이 불편하신데도 사모님이 음료수를 내오셨다.

"찾아오는 사람도 별로 없어서 이것밖에 없네요."

선생님은 근황에 대해 몇 마디 답변을 하면서 담배를 한 대 피우셨다.

"내가 뭘 하면 되나요?"

"평상시 목소리로 자연스럽게 시를 읽어주시면 돼요. 숨이 차실 때는 조금 쉬었다가 읽으셔도 좋고요."

시 한 편을 한 호흡으로 읽기에 힘드실까 싶어 중간중간 쉬면서 해도 된다고 말씀드렸다. 염려와 다르게 선생님은 시를 읽을 때 오히려 생기를 느끼시는 듯했다.

"바람과 짐승과 안개가/산 저편으로 잦아든 뒤/해 기울고/소달구지 하나 지나지 않는/신작로길이",

끊어질 듯 끊어지지 않고 이어지는 행이 조금 숨 가쁘게 느껴졌다. 그러나 오랜 동안 몸에 내려앉은 어떤 가락이 시를 놓치지 않고 숨결이 되어 이어지고 있었다.

"영원처럼 멀었다".

그러나 "신작로길"과 "영원" 사이의 호흡은 달랐다. 스튜디오의 유리벽을 사이에 두고 듣는 음성이 아니라서인지 가까이 무릎 아래 바짝 다가앉아 듣는 목소리에서 미세한 호흡의 차

이가 느껴졌다.

"집에 어떻게 가요?"

"차 가져왔습니다."

"운전 조심해서 해야 돼요."

"네."

선뜻 대답은 했지만 오랜만에 듣는 말이라서 조금 낯설었다. 길 조심해서 가라는 말을 들어본 지가 언제였던가.

"시 쓰는 사람들은 늘 딴생각에 빠져 있기 때문에 운전할 때 특히 조심해야 돼요."

나이 드신 분들의 어법이 예전 그대로구나 싶었는데 그게 아니었다. 선생님의 말씀은 시인이 늘 딴생각에 빠져 있다는 것이었다. 인사를 드리고 나오면서 나는 그 말에 사로잡혀 있었다. 나는 늘 딴생각에 빠져 있는 사람이었던가. 그러지 않았다. 잠시 틈을 내어 생각을 할 뿐, 대부분의 시간은 습관적이고 단조로우며 지리멸렬하기까지 한 일상에 매여 있었다.

시를 쓰는 사람을 그 누구보다도 잘 이해할 수 있는 사람은 한평생 시를 써온 사람뿐이다. 자기를 알아주는 사람이라면 모든 것을 바칠 수 있다고 했던가. 그 정도는 아니더라도 나는 선생님의 한마디에 강렬한 충동을 받았다.

늘 딴생각에 빠져 있는 사람은 다른 사람이다. 분류하고 체계를 세워서 통제하는 이 세계의 원리에 갇힌 사람이 아니다. 길들여진 사람이 아니다. 주어진 말이 아니라 자기의 말을 하는 사람이다. 강제된 틀을 벗어난 사람이다. 자유로운 사람이다. 급기야 이 세상을 자유롭게 하는 사람이다.

다른 생각은 다른 삶을 산다. 인생이란 그래야 한다. 이 땅위에서 저마다 다르게 살아간다는 것은 다양한 가치가 받아들여진다는 뜻이다. 공생할 수 있다는 말이다. 그 생각에 사로잡혀서 어떻게 집에 왔는지도 몰랐다.

그때의 기억이 스쳐 갔다. 어디로든 갈 수 있는 길은 사실 더 안전한 길이다. 괄리오르로 향하는 길 위에서 몇 번을 더 역주행하는 차와 마주쳤지만 위험하지 않았다. 물론 이 길 위에서도 나는 다른 생각에 빠져들 수는 없었다. 다만 어디로든 갈 수 있는 길을 꿈꾸고 있었다.

저녁노을이 되어 사라진 두 발목을
그녀는 어디선가 어루만지고 있겠지

마투라에서 진흙 길을 따라 걸었다. 이빨을 드러낸 채 죽어 있는 검은 개가 여전히 사납게 길을 물어뜯고 있었다. 힌두 사원 안에 고요히 울려 퍼지는 찬가를 들으며 오래 앉아 있다 보니 내 몸의 뜨거운 열기도 한결 내려앉는 듯했다. 길옆의 작은 시냇물을 내려다보니 높이 솟아올랐던 해가 어느새 기울어 진흙 바닥에 말라붙어 있었다. 그 위에 마른 구름 하나가 웅크려 있었다. 죽은 개가 자꾸만 나를 따라왔지만 그 개를 데리고 올 수는 없었다. 그 대신 개울에서 흰 구름 하나를 끌고 왔다.

해가 저물고 결혼식이 시작되었을 때 나는 흰 구름을 타고서 식장에 들어갔다. 내 뒤에서 신랑이 말 잔등 위에 올라타고 요란한 북소리를 밟으며 천천히 들어왔다. 물방울에 매달린 소녀들이 그 뒤를 따라왔다. 저녁 만찬이 끝나고서야 예식이 시작되고 있었다. 밤의 결혼식이었다. 친척들과 친구들과 이웃들이 모두 모여서 말을 타고 들어오는 신랑을 맞았다. 한 걸음 옮길 때마다 광란의 춤이 이어졌다. 또 한 걸음을 옮길 때마다 북을 치고 피리를 불며 환호성이 이어졌다.

땀에 젖은 춤과 북소리와 수백 가지 음식과 구경꾼들 사이에서 나는 이상하게도 보이지 않는 신부를 걱정하고 있었다.

하객들은 살 속까지 깊이 엉겨 붙은 무더위에 지쳐서 벌써부터 귀뚜라미와 메뚜기와 눈먼 날벌레가 되어 있었다. 그러나 나는 귀뚜라미가 될 수는 없었다. 메뚜기가 될 수는 없는 것이었다. 눈먼 날벌레가 되고 싶지는 않았다. 무더위와 땀과 요란한 조명과 광란의 춤과 진흙 냄새 속에서 나는 신부를 찾고 있었다. 그녀는 어디에 있을까. 어디에서도 보이지 않았다. 저녁노을이 되어 사라진 두 발목을 어디선가 어루만지고 있는 것은 아닐까. 그녀는 아마도 밤이슬에 숨어서 영영 나타나지 않을지도 모른다. 그때 내가 타고 있던 흰 구름이 나를 내려놓고 사라졌다.

어느새 밤이 깊었다. 그때 한 소녀가 내 흐린 눈빛을 지나갔다. 밤늦게까지 결혼식이 이어졌고 나는 신부의 얼굴을 보지 못한 채 돌아왔다. 물방울에 매달려 있던 소녀들이 입구까지 나를 바래다주었다. 내가 타고 갔던 흰 구름은 사라져버렸고 어디인지도 모를 광야를 향해 나는 터벅터벅 걷고 있었다.

꿈결에 흰 말을 타고 개울을 건너가는 내 모습만 남았다. 아무리 언덕을 넘고 물소가 발목을 적시는 얕은 강을 건너가도 나는 흰 구름을 타고서 끝도 없이 이어진 먼지의 들판을 지나 진흙 덩어리가 불타오르는 곳을 향할 뿐이었다. 어느새 흰 구

름도 사라지고 나 혼자뿐이었다. 밤은 지나가지 않고 저무는
해를 따라서 영원토록 주홍색 지평선을 건너가고만 있었다.

누가 한 줄짜리 악기를 튕기다 간 게 분명했다

그렇지 않았다면 낯선 침대에서

하룻밤 깨어나지도 못했을 것이다

언덕에서 한 소절 한 소절

귀로 배운 노래를

누군가 옮겨놓고 갔다

갯버들 아래 그 얇은 그늘쯤에

잠시 내려앉은 바람처럼

잔물결이 모여들어서 모여들어서

내가 모르는 세상 얘기를

다 들려주고 가는 그런 날이 있다

물동이를 머리에 이고

흘러내리는 머리카락을 맑은 허리춤에 꼭 쥐고서

햇볕 한 자락이 내 머리맡을 지나갔다

다음 날 나는 깨어나지 못했다. 일행들이 야무나 강가에서 배를 타고 구성진 만트라를 듣는 동안에 나는 깊은 잠에 사로잡혀 있었다. 마른 구름을 타고서 어딘지도 모르는 곳을 향해 가고만 있었다. 나는 구름마저 다 잃고서 홀로 먼 들판을 걷고 있었다. 내 심장 뛰는 소리만이 명주실처럼 가늘게 떨리고 있었다.

낯선 땅에서 꿈을 꾸었다. 지극한 몸살처럼. 밤새 앓고 난 후에 내 눈은 다른 것들을 바라보는 것이 아니라 그 대상들을 비추기 위해 그 안으로 스며들기 위해 또 다른 눈빛으로 태어나고 있었는지 모른다. 줄곧 환몽에 사로잡힌 채 며칠을 보냈다. 나는 그것을 영원이라고 부르고 싶었다. 이루어지지도 끝이 나지도 않는, 영원히 지속되는 그 꿈을 따라서 어딘가로 가고만 싶었다. 소스라치듯 잠에서 깨어났을 때, 내 머리맡에 햇볕 한 자락이 지나갔다.

타지마할,
그 눈물은 신의 발등 위에 떨어질 거야

다시 오게 될 줄은 몰랐다. 타지마할을 앞에 두고 햇빛 때문에 되돌아섰던 기억이 났다. 한 번 와봤던 곳이라 그런지 햇빛은 견딜 만했다. 평생 한 번 오기도 어려운 곳인데 두 번이나 찾아오게 되었다. 나는 영원한 아름다움이라고 불리는 타지마할에서 내가 보지 못한 아름다움을, 그 영원한 것을 찾으리라 생각했다.

타지마할의 흰 대리석 위를 걷는 동안 눈이 부셨다. 햇빛이 사방에서 쏟아지고 반사되어 지상에서 온통 빛으로 가볍게 떠오른 듯한 느낌이었다. 마치 이 세상이 아닌 듯이 내 몸이 어느 구름 위에 올라선 듯했다. 입구에 사람들이 몰려 있었다. 줄을 지어 한 사람씩 들어가야 했다. 밝은 빛이 일시에 사라지고 두 눈이 어둠에 익숙해지기 위해서 더욱 커다랗게 열리고 있는 듯했다. 어둠 속에서 가묘를 보호하기 위해 둘러싼 대리석이 보였다. 촘촘하게 구멍이 뚫린 대리석에 얼굴을 가까이 대고 안을 들여다보자 가묘가 어둠 속에 희미하게 드러났다.

"타지마할은 완벽한 대칭으로 만들어졌는데 샤 자한의 묘가 나중에 만들어지면서 유일하게 비대칭을 이루게 되었지요."

인도인들은 수학으로 우주를 이해하려고 했다. 우주는 완벽한 것이었다. 그래서 사원과 같은 신성한 건축물은 완벽한 수학적 계산을 통해 지어졌다. 대칭으로 건축을 완성하는 것은 이들에게는 우주를 재현하는 일이었다.

그러나 딱히 내가 더 설명할 만한 부분은 없었다. 나 역시 이 타지마할의 아름다움을 아직 알지 못했다. 겨우 그 흔적을 찾아서 왔을 뿐이었다. 가묘를 보려고 사람들이 계속 밀려들었다. 그 흐름을 따라서 가다 보니 사람들이 햇빛을 피해 통로에 앉거나 누워 있었다. 그 끝은 타지마할의 반대쪽 입구였다. 다시 눈이 부셨다. 햇빛은 어둠 속에서 걸어 나온 이에게 너무나 잔인할 정도로 강렬했다.

사랑하는 왕비 뭄타즈 마할이 죽고 나자 무굴제국의 다섯 번째 왕이었던 샤 자한은 그녀를 위해 무덤을 지었다. 샤 자한은 가까운 미얀마뿐만 아니라 중국, 오스만, 이집트, 프랑스, 이탈리아 등 세계 곳곳에서 기술자들을 모아서 대대적인 건축을 시작했다. 타지마할은 무려 22년이나 걸려서 완성되었다. 타지마할을 짓기 위해 들어간 자금은 한 나라의 재정을 위기로 몰아넣을 정도였다. 그러나 죽은 아내를 위해 바친 사랑과 열정은 몇백 년이 지나고도 그대로 남을 수 있었다. 많은 이들이 이런 사랑 이야기를 따라서 타지마할을 찾고 있었다. 이야기가 없었더라면 이 건축물은 허황된 사치거나 광신에 불과했을지도 모른다.

완벽한 수학적 구조, 연꽃과 재스민과 장미 넝쿨이 연속무늬로 이루어진 아라베스크풍 장식, 흰 대리석에 청금석과 수정과 산호와 같은 준보석을 아로새겨놓은 피에트라 듀라^{Pietra-dura} 기법, 바닥에서 높은 건물에 가득 새겨진 문장을 바라볼 때 글자가 동일한 크기로 보이도록 만든 캘리그래피, 무엇보다도 빼어난 미적 완성도 등 타지마할이 왜 세계에서 가장 위대한 건축물로 꼽히는지 그 이유는 많다. 그러나 뭄타즈 마할과 샤 자한의 이야기가 없었다면 타지마할의 가치는 다른 그 무엇과 쉽게 비교되고 때로는 평가절하될 수도 있을 것이다. 많은 이들은 사랑이 완성되기를 바란다. 그 증거를 찾아서 타지마할에 오게 되는지도 모른다. 사랑은, 혹은 그 관념은 저 무한의 우주적 시간과 교차한다. 완강한 강제 앞에 무력하지 않고, 제 안으로 소용돌이치며 삶의 본래성을 구현한다. 사랑은 우주의 재현이다.

건축학적으로 얼마나 빼어나게 아름다운지 설명하는 것은 내 귀에 잘 들리지 않는다. 그런 예는 얼마든지 다른 곳에서도 찾을 수 있다. 타지마할에는 다른 그 무엇이 있을 것이다. 분명 내가 알지 못하는 그 무엇이 있을 것이다. 나는 그것을 보지 못했다. 그래서 한 해 전에 이곳을 찾았을 때도 쉽게 돌아서고야 말았던 것이다. 분명 무엇인가 있다. 그것을 보려고 나는 다시 타지마할에 왔다. 타지마할은 외형상으로 아름다움의 궁극을 이룬다고 할 수가 없다. 멀리서 보았을 때 이미 익숙한 모습 때문인지 아니면 대칭의 단조로움 때문인지 나는 그렇게 아름다움을 느끼지 못했다. 그래서 다가가지도 않은 채 뒤돌아섰을 것이다.

이번에는 야무나 강 건너편에서 다른 타지마할을 보고 싶었다. 그곳에서 타지마할을 바라볼 때 내가 보지 못했던 아름다움의 이면을 발견할 수 있으리라 믿었다. 나는 야무나 강을 건너고 싶었다.

"저는 타지마할에 들어가지 않을게요. 대신 강 건너편으로 가주세요."

운전을 하던 기사는 잠시 생각을 하더니 고개를 저었다.

"강을 건너가려면 오래 걸려요."

야무나 강을 건너서 타지마할의 반대편에 갔다가 돌아오려

면 상당한 시간이 걸린다고 했다. 타지마할을 보고 나오는 다른 일행들과 다시 만나려면 도저히 그 시간을 맞출 수가 없었다. 모든 일정을 취소하지 않는 한 거의 불가능한 일이었다.

할 수 없이 야무나 강을 건너가는 것을 포기하고 타지마할에 들어가기로 했다. 예전처럼 검문대에 이르기 전까지 상점에서 고용된 소년들이 귀찮게 따라붙을까 걱정하면서 단단히 마음을 먹고 있었다. 그런데 뭔가 이상했다. 예전과 상당히 달라졌다. 그 누구도 자기의 상점으로 손님을 끌어들이려고 달라붙지 않았다. 한산할 정도였다. 그저 뜨겁고 맑은 햇빛뿐이었다. 한결 여유롭게 멀찍이 떨어져 걸으며 나는 한 사내를 찾기 시작했다. 나무 그늘에서 떨어져 땡볕만이 가득한 맨바닥에 내동댕이쳐진 한 사내를 다시 만나고 싶었다. 그러나 그는 보이지 않았다. 세계 곳곳에서 찾아오는 여행객들을 위해 당국에서 특별히 단속을 했던 것일까. 파리처럼 달라붙는 소년들도 그 슬픈 거미 인간도 보이지 않았다.

검문도 쉽게 통과했다. 어떤 물건이 반입되지 않는지 알고 있었기에 미리 준비를 하고 들어갔다. 타지마할 앞에 길게 이어진 수로를 따라서 걸었다. 온통 살인적인 햇빛뿐이어도 이제는 익숙했다. 그렇게 타지마할까지 이르렀다.

아무것도 보이지 않았다. 가묘를 지나서 야무나 강을 내려다보고 있어도 내게는 아무것도 보이지 않았다. 나는 조급해지기 시작했다. 이렇게 허망하게 되돌아가게 될까 불안해지기 시작했다. 영원한 아름다움은 내가 바라볼 수 있는 게 아닐지도 모른다고 생각했다. 그렇게 야무나 강을 건너다보고 있었다. 가뭄이 들어 강도 메말라 있었다. 물소들이 손쉽게 강을 오가며 물풀을 뜯고 있었다. 나는 땡볕에 서서 야무나 강을 건너다보았다. 하늘이 온통 잿빛으로 내려앉은 강 건너편을 계속 바라보고 있었다.

그때였다. 강 건너에 뭔가 보이기 시작했다. 한 사내가 저 강을 건너가고 있었다. 햇빛에 두 눈을 잃고 나자 햇빛만이 남았다. 사내는 그렇게 햇빛이 되어 강을 건너가고 있었다. 눈이 멀어서 반미치광이가 된 듯이 저 강을 건너가고 있었다. 햇빛 한 자락이 잿빛 강을 건너가고 있었다. 그곳에 정원이 있었다. 달빛이 머문다는 메흐타브 정원이었다. 야무나 강이 수로를 따라 들어와 연못을 이루는 곳이었다. 달이 서서히 떠오르기 시작하면 그 연못에 타지마할의 그림자가 비치는 곳이었다. 검은 타지마할이었다.

　타지마할을 완성한 후에 이곳을 지나갔던 프랑스 여행자 장 바티스트 타베르니에Jean Baptiste Tavernier는 그의 소설에서 검은 타지마할을 언급한 적이 있다. 그러나 그 외에 다른 기록은 보이지 않았고 샤 자한이 야무나 강 건너편에 검은 대리석으로 타지마할과 동일한 자신의 모스크를 지으려 했다는 이야기는 오랫동안 전설이 되어 세간에 전해왔다. 고고학자들이 그 전설을 따라서 발굴한 결과 달빛 정원의 흔적을 찾게 되었다. 샤 자한이 실제로 검은 타지마할을 지으려 했는지는 아무도 모른다. 어떤 기록도 남아 있지 않다. 그저 샤 자한은 달빛에 비친 검은 타지마할을 바라보는 것으로 만족하려 했을지도 모른다. 재정이 바닥난 상태에서 막대한 비용이 드는 새로운 건축을 시행하기에는 너무나 많은 시간이 필요했을 것이다. 그래서 초석을 다지기 위한 공사만 했을지도 모른다. 달빛 정원에 비치는 검은 타지마할을 바라보며 때를 기다렸을지도 모른다. 그러나 아무래도 샤 자한은 그림자로 비친 허상을 원하지는 않았을 것이다. 그는 분명 검은 타지마할을 지으려 했을 것이다.

　내 두 눈은 햇빛에 멀어 있었다. 햇빛이 되어 야무나 강을 건너가고 있었다. 내가 이 세상에 지은 타지마할은 빛의 세계였다. 그것은 영원한 세계였다. 데바야나Devayana였다. 신의 세계였다. 이곳에 내 사랑을 영원으로 구현하려고 했다. 그리고 타지마할은 완성되었다. 그러나 나는 이 빛의 세계에 머물 수가 없었다. 나는 죽음을 기다려야 하는 한 인간이었다. 내 사랑은 영원했지만 나는 죽음을 반복할 수밖에 없는 인간이었다. 그래서 빛의 세계 너머에 나의 세계를 만들려고 했다. 어둠의 세계였다. 피트리야나Pitryana였다. 필멸자의 세계였다. 하지만 나의 검은 타지마할은 어둠의 세계를 반복하지 않을 것이다. 여신의 축복이 흐르는 강을 건너 빛의 세계와 하나로 연결되었을 때 나의 세계는 영원할 것이다. 더 이상 생과 멸을 거듭하지 않을 것이다. 그렇게 나는 영원이 될 것이다.

"아름다움이란 뭘까?"

"아무것도 없는 것. 있더라도 보이지 않는 것."

"왜 그렇게 생각하지?"

"아름다움은 그 뒤를 볼 수 있어야 그때 다시 보이겠지. 그런데 아름다움에 사로잡히고서 그 너머를 볼 수 있는 사람은 없어."

"그래도 신이 있지 않을까?"

"신에게 이르기 전에 넌 이미 아름다움에 병들어 있을 거야."

"아무것도 없다는 것조차 못 느끼게 될까?"

"병든 자는 오로지 제 몸 하나에만 갇혀서 아무것도 보지 못해. 아무것도 없는 것은 자기 자신일 뿐이야. 신은 그 뒤에 있는 게 아니라 네 안에 있어."

"넌 그걸 어떻게 알아?"

"나도 병들었으니까."

"많이 아프고 난 사람은 눈물이 많다던데, 아름다움을 본 사람들도 그렇게 눈물을 흘릴까?"

"눈물을 흘리면 정말 아무것도 안 보여. 그건 영원이 아니야. 하지만 그 눈물은 신의 발등 위에 떨어질 거야. 아름다움을 보았다면 분명 신에게 가까이 간 거야. 어떤 눈물은 그래."

내가 나를 건너가고 있었다. 당신을 건너가고 있었다. 이 세상을 건너가고 있었다. 메마른 야무나 강을 건너 두 눈이 먼 채로 햇빛 한 자락이 되어 무엇인가 건너가고 있었다. 타지마할은 아름다웠다. 아니, 강 건너 또 다른 타지마할을 지으려 했던 한 사내의 꿈은 아름다웠다. 아름다움을 건너가고 나면 영원이 있었다. 저 타지마할을 건너고 나면 어둠의 세계는 더 이상 어둠의 세계가 아니었다. 저 미완의 세계는 그래서 궁극을 이루었다. 더없이 완벽했다. 시원에서부터 단 한순간도 떠나지 않았던 인간의 꿈이 저 타지마할을 완성하고 있었다. 그것은 영원이었다. 영원을 향한 한 사내의 위대한 꿈이었다. 나의 사랑이었다. 찬란한 나의 죽음이었다. 다시 어둠을 반복하지 않으려는 인간의 꿈이었다. 그렇게 눈먼 사내가 한 줄기 햇빛으로 강을 건너가고 있었다. 아름다움에 병든 자가 이 세상을 뒤돌아보고 있었다.

사랑이 아름답다면, 영원을 추구하기 때문이다. 아름다움은 영원에 닿아 있다. 하지만 영원을 이룰 수는 없다. 언젠가 우리는 죽는다. 나는 죽음 그 자체마저 인식할 수 없다. 그 이후의 세계를 알지 못한다. 그렇다면 사랑이란 단지 인간의 꿈일지도 모른다. 그저 아름다운 허구에 불과할지도 모른다.

하지만 누구나 사랑을 이루려 한다. 다시 자기를 낳으려 한다. 그것이 영원이라면, 우리는 살아 있는 동안에 그 영원을 완성하면 된다. 헤어지지 않으면 된다. 떨어지지 않으면 된다. 미워하고, 결별하고, 망각하지 않으면 된다. 서로의 눈동자에 비친 자기 모습을 바라보며 함께하면 된다. 사랑은 이 지상에서 영원을 가능하게 하는 유일한 것이다. 그곳에 신이 있을 것이다.

"그러니까 사랑한다는 말은 네가 죽지 말라는 말이야. 헤어져서는 안 된다는 말이야. 그 말을 할 수가 없을 때, 사랑은 가장 아픈 말이 되겠지."

누가 울고 있었다. 아무도 울고 있지 않았지만 분명 누군가 울고 있었다. 산 자의 그림자였다. 햇빛을 건너간 자를 향해 뒤돌아서 있었지만 분명 울고 있었다. 그것은 나 자신이었을지도 모른다. 나는 그 울음소리를 향해 다시 뒤돌아 갈 수가 없었다. 아득한 구름처럼 나는 두 눈을 잃게 되었을 뿐이었다. 그 무엇도 내게는 보이지 않았다. 내 귓가를 가만히 스쳐 가는 바람 소리뿐이었다. 뒤늦게 내 가슴을 치고 어느 순간 찬란하게 강을 건너가는 햇빛뿐이었다.

나에게서 나를 빼면
너에게서 너를 빼면

완전함에서 완전함을 덜어내도 완전함이 남는다고 한다. 우파니샤드는 그 완전함을 노래한다. 그러나 나에게서 나를 빼면 나인 것들만 그대로 남기를 바라지 않았다. 너에게서 너를 빼고도 오로지 너만 있어야 한다고 생각한 적이 없었다. 나에게서 나를 빼면 너만 남을 수 있을까. 과연 너에게서 너를 빼면 나만 남을 수 있을까.

어떤 이는 급기야 스스로 이해할 수 없는 말이 되고 말 것이다. 어느 순간에 누구도 알아들을 수 없는 말을 하기 시작하리라. 그러나 그것은 그리움의 언어다. 그 말은 다른 말을 부르기 위해서 끊임없이 안쪽으로 소용돌이친다. 그러나 다가서지 못하는 말은 상대를 홀로 남겨두고 뒤돌아설 수밖에 없다. 다음에 이어질 말을 스스로 지워버린 자기 충족적인 말이다.

사랑이 허구가 되고야 말았을 때 모든 것은 일제히 멈춰버린다. 어디로 가야 할 필연성마저 사라져버린다. 그때 가까스로 한 걸음을 내디뎌볼 뿐이다. 지루한 반복만이 자기에게 처해지는 운명이 될 것이다. 어떤 걸음은 그렇다. 굳게 다문 보랏빛 입술은 끊임없이 침묵을 재현할 뿐 다른 어떤 말에 이르지 못하고 만다. 해가 뜨고 언덕 위에 검독수리가 앉아 있어도 구름이

새로 태어나더라도 지는 석양과 발밑에 밀려온 지평선과 마른 먼지와 늘어진 바람마저도 단지 정체되어 있을 뿐이다. 그때 다시 두 걸음을 내딛게 된다. 세 걸음을 걷고, 길 위에 서서 어떤 영원을 오래도록 바라보게 된다.

"또 가려고?"

왜 인도에 가는지 이제는 묻는 사람이 없다. 그곳이 구도의 땅이 아니라는 것쯤은 누구나 알기 때문이다. 그래서 사람들은 묻지 않는다. 어디든 갈 수 있는 것이고 굳이 어떤 이유가 필요하지도 않다. 모든 것이 다 예사로울 뿐이다. 그래도 왜 그곳에 가는지 묻는 이가 있을지 모른다.

"왜 가려고?"

이렇게 내게 질문을 하는 사람이라면 나는 그와 밤이 새도록 이야기를 나눌 수 있을 것이다. 잊을 수 없는 것은 오히려 더 쉽게 망각되는 것일까. 잊을 수 없기 때문에 더욱 그 지나간 순간을 현재화하려고 한다. 내가 많은 것을 잃고야 말았다면 지금 내가 어떤 기억을 완성하지 못했기 때문이다. 그 순간으로부터 나는 너무나 멀리 떨어져 있다.

내가 받아 적으려 했던 언어는 저 태초의 것이었다. 그러니 나는 다시 그 태초를 향해 가야만 했다. 이미 내게 주어진 말을 모두 소진해버린 상태였다. 내게 남아 있는 말이 없었다. 저 한 줄기 빛에 대해 표현할 수 있는 언어를 더 이상 갖고 있지 않았다. 그래서 나는 다시 떠나야만 했다. 그것이 나의 기원이기 때문이었다. 기원이란 어느 한 지점이 아니라 내가 지나온 모든 순간들을 의미했다.

"그곳에서라면 다시 그리워할 수 있을 것 같아서."

그렇게 또 인도에 왔다. 그리고 다시 돌아가야 할 시간이 되었다. 나는 알고 있었다. 돌아가서도 여전히 돌아오지 않는 여행이 될 것이라고. 다만 그 숱한 밤을 어떻게 견뎌야 하는지 나는 모르고 있었다.

그리워지라고
햇빛 맑은 돌담을 쌓아놓고

집필실을 얻으려고 신청서를 작성해서 보낸 적이 있다. 인도에 관한 시를 쓰겠다고. 낯선 문명에 대한 경험을 통해서 다른 감각이 깨어나기를 바란다고. 신성神聖과 구원은 가장 전통적인 주제이지만 이제는 아무도 이런 언어에 매달리려 하지 않는다고. 문학이 인간 존재의 근원을 찾아가고 급기야 초월하는 것을 꿈꾼다면 그 궁극적인 것은 곧 신성과 구원의 문제와 마주하게 될 것이라고.

기존의 질서와 가치를 모두 의문에 부치며 다시 되돌아보게 한다는 점에서 내가 다녀왔던 인도는 혼돈의 공간이었다. 그러한 근원에 대한 질문을 조심스럽게 따라가고 싶다고 나는 썼다. 내가 신을 꿈꿀 수는 있지만 내가 나를 꿈꿀 수는 없을 때였다. 그러나 침묵이 되어서야 내가 비로소 존재할 수 있다는 것은 내가 이미 나의 자리로 돌아와 있다는 것을 의미하고 있었다. 어떤 한계를 인식하는 순간 자기 자신이 태어날 것이라고 나는 믿고 있었다. 나에게 꿈은 그런 것이었다. 그런 꿈을 다시 따라가며 시를 쓰기 위해 외떨어진 곳으로 들어가게 되었다. 봄이었지만 길가에 눈이 가득 쌓여 있는 곳이었다.

한 달쯤 지나자 느릿이 봄이 오고 있었다. 잠시 열어둔 창문

밖에서 어느 날인가부터 밤새 울음소리가 들려왔다. 참으로 괴이한 소리였다. 마치 부상당한 무장 공비가 들킬 것을 뻔히 알면서도 이쪽 능선에서 저쪽 능선으로 안타까운 신호를 보내듯이 여기서 한번 꿔억 소리가 울리면 저쪽 어느 편에선가 꿔어억 받아치는 울음소리가 들려왔다.

창문을 활짝 열고 바깥을 내다보았다. 자정을 넘어 세상은 온통 어둠뿐이었다. 먹이를 찾아 나온 고라니였을까. 아니면 내가 전혀 모르는 산짐승이었을까. 그 울음소리를 따라 숲의 어둠이 묻어왔다. 가만히 듣고 있으니 어딘지 모르게 이상한 한기마저 느껴졌다.

창문 가까이 다가가 스마트폰으로 그 울음소리를 녹음했다. 소리는 매우 작게 녹음되었다. 컴퓨터로 파일을 옮기고 사운드 에디터를 이용해서 소리를 증폭했다. 미세한 잡음을 제거했다. 그렇게 맑은 울음소리만 남았다. 인터넷 사이트를 검색해서 온갖 동물들의 소리를 모아놓은 곳을 찾았다. 녹음한 파일을 반복 재생해놓고 사이트에 올라온 리스트를 하나하나 클릭하면서 소리를 대조해보았다. 수백 종의 울음소리를 찾아보았지만 어느 하나 일치하는 게 없었다.

그렇게 하룻밤이 지나갔다. 새벽이 다가올 무렵부터는 창밖에서 울음소리가 들려오지 않았다.

"어젯밤엔 더 극성들이더라."

식당에서 아침을 먹고 있을 때였다. 옆자리에 앉아 있던 아주머니들이 밤새 시끄러워 잠을 못 이루었다는 얘기를 나누고 있었다.

"그게 대체 무슨 소리였어요?"

동네 아주머니들이 그 울음의 정체를 알고 있으리라는 생각이 들자 대뜸 낯을 가릴 새도 없이 물어보았다.

"개구리지 뭐예요. 이맘때면 온 동네가 시끄러워요."

나는 밤새 뭔가 대단한 짐승이 나타난 줄 알았다. 그러나 개구리였다. 개구리라니! 어느 멸종위기종이 산자락 아래까지 내려와 배고파 우는 줄 알았다. 내가 전혀 들어보지 못한 이름을 가진 신비로운 짐승이 나타난 줄 알았다. 조금 실망스러웠다. 개구리라니!

그러고 보니 그 울음소리는 신비스럽지도 아름답지도 않았다. 뭐 저런 엉성한 소리가 다 있을까 싶었다. 발성기관이 없는 짐승이 목에 걸려 나오지 않는 소리를 애써 뱉어낸 것 같은 소리였다. 밤새도록 울음소리의 정체를 찾으려 했던 수고 때문인지 지난밤의 울음소리는 더욱 괴이하고 안타까운 소리로 전락하고야 말았다.

식당을 나와 근처에 물이 고인 웅덩이를 들여다보았다. 눈 녹은 물이 조금 고여 있었다. 색 바랜 갈색 낙엽들 사이에 뭔가 납작 엎드려 있었다. 개구리였다. 썩어가는 낙엽과 비슷한 색이었다. 징그러웠다. 한 마리 개구리가 다른 개구리 등 뒤에 들러붙어서 꿈쩍을 하지 않았다. 가까이 다가서자 그제야 달아나려는 듯이 꿈틀거렸지만 몇 걸음 못 가고 무거운 몸을 낙엽 사이로 숨길 뿐이었다.

그날 밤에도 역시 밤새 개구리가 울었다. 자기가 무엇인지 알 수 없어서 그렇게 우는 소리 같았다. 자기가 무엇인지 알 수 없기에 그렇게 울어서 또 자기를 낳으려 하고 있었다. 그러나 축축한 진흙 속에서 덜컥 내가 태어날까 봐 두려웠다. 나는 그렇게 꿈을 꾸고 있었다. 내가 꾸는 꿈에서 무엇이 태어날지 나는 알고 있었다. 인도에서 밤마다 내게 들려오던 그 오래된 울음소리가 무엇이었는지 나는 이제야 알게 되었다.

맨 끝으로 나를 던져놓고 다른 말을 기다렸다. 그러나 모든

것이 다 허사가 되었을 때 어떤 말은 가파른 절벽으로만 남았다. 뛰어내릴 수도, 되돌아 내려올 수도 없었다. 언제나 대체 가능한, 그래서 늘 공명하는 문장만이 시간을 견뎌내지 않을까 생각했다. 불완전한 상태로 더없이 충만할 수 있는 그런 문장으로.

언제부터 내가 인도를 생각하기 시작했는지 아득하기만 했다. 아마도 나는 이 세상에서 가장 먼 곳이 인도라고 생각했을 것이다. 멀고 아득하고 하염없는 곳. 그런 곳이라면 돌아오지 못할 것만 같았다. 갈 수는 있어도 돌아오지 못하는 곳을 나는 찾았다. 도피였다. 모든 첫 여행은 이렇게 시작하는 것일까. 물론 그렇지는 않을 것이다.

내게는 현실로부터 도망치는 것을 감추기 위해 뭔가 다른 상징이 필요했다. 이미 많은 이들이 그렇게 상상 속으로 자신을 지워버렸고, 낯선 곳으로 떠났으며, 방랑자가 되기를 마다하지 않았다. 손에 쥐고 있던 것들을 놓아주었고, 가진 것을 버렸고, 눌러앉은 자리를 훌훌 털고 일어나 뒤돌아서며 모든 것을 잊었다. 놀랍게도 그들은 다른 사람이 되어 돌아왔다. 나도 그들처럼 도피가 아니라 새로운 삶을 찾아 나섰던 것이라고 증명하고 싶었다.

그러나 헛된 기대마저도 다 잊기로 했다. 나를 지워버리기로 했다. 이 세상에서 가장 먼 곳은 도저히 내가 다시는 돌아올 수 없는 곳이었다. 갈 수만 있다면 그것만으로도 충분히 나를 지워버릴 수 있는 그런 곳을 매일 밤마다 그리워했다.

돌아오고 싶지 않았다. 돌아오는 순간 바로 그 자리에서 지난 시간이 여전히 내 뒤를 끈질기게 따라붙고 있었다는 것을 확인할 뿐이다. 내가 끌고 온 것은 여전히 내가 지나온 시간이다. 그런 것이 싫었다. 고스란히 그대로 남아 있는 지난 시간들이 나를 괴롭히리라 생각했다. 돌아와서는 안 된다. 그러니 나는 온전히 내 존재를 망각해야만 된다.

어떤 침묵은 물리적인 조건을 갖게 된다. 말할 수 없는 것은 다른 말들에 가닿아 멀고 먼 또 다른 자기를 창조해낸다. 그 무엇인가를 상실한 뒤에 남게 되는 것과 동일하다는 점에서 어떤 말할 수 없는 것은 자기 지시적이다. 결국 어떤 말은 다른 말과 이어지지 않고 홀로 남게 된다. 자기조차도 무엇을 말할 수 있는지 알 수 없기에 오로지 자기만을 가리키게 된다.

말할 수 없는 것은 상실의 무한한 반복일 뿐이기에 말해서

는 안 되는 것이다. 어떤 말은 세월이 지워버린다. 그렇게 자기도 모르게 쓰지 않는 말이 된다. 그러나 그 말이 내게 다시 차올랐을 때 나는 기뻤다. 그 말을 놓치고 싶지 않았다. 그 말을 살고 싶었다. 시간이란 얼마나 고통스러운지 나는 잘 알고 있었다. 그래서 애써 지우려고도 했다, 그 말을. 처음으로 내 목울대에 가까스로 걸려 있던 그 말을. 그 젖은 말을.

사랑이 아름답다면, 영원을 추구하기 때문이다.

아름다움은 영원에 닿아 있다.

하지만 영원을 이룰 수는 없다.

언젠가 우리는 죽는다.

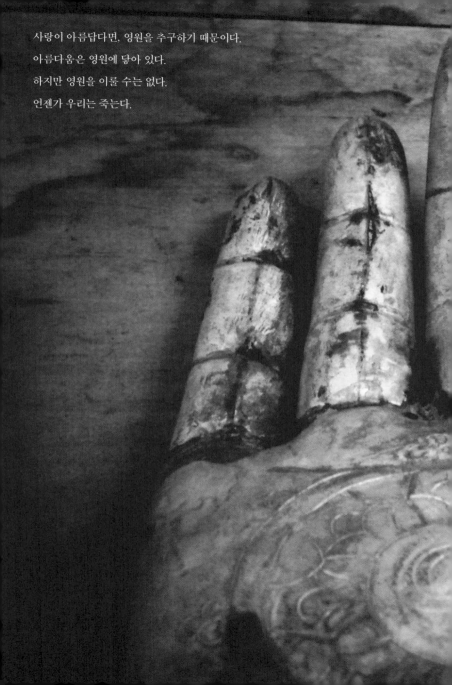